《孟子研究文库》第四辑

子思书院 断机堂历代诗文集

刘培桂 编著

述聖子思子贊
天地儲精川嶽華靈是生仲尼王振金聲世德作求孝孫維則師曾傳孟誠身是力眷茲後學示我中庸位天育物致和致中夫子道法堯舜文武紹乃家聲述乃文祖
乾隆戊辰仲春月御筆

齊魯書社

图书在版编目（CIP）数据

子思书院　断机堂历代诗文集 / 刘培桂编著. -- 济南：齐鲁书社，2019.01
ISBN 978-7-5333-4059-9

Ⅰ. ①子… Ⅱ. ①刘… Ⅲ. ①中国文学－古典文学－作品综合集 Ⅳ. ①I212.01

中国版本图书馆 CIP 数据核字(2018)第 270832 号

子思书院　断机堂历代诗文集

ZISI SHUYUAN DUANJITANG LIDAI SHIWENJI

刘培桂　编著

主管单位　山东出版传媒股份有限公司
出版发行　齊魯書社
社　　址　济南市英雄山路 189 号
邮　　编　250002
网　　址　www.qlss.com.cn
电子邮箱　qilupress@126.com
营销中心　（0531）82098521　82098519
印　　刷　山东临沂新华印刷物流集团有限责任公司
开　　本　880mm × 1230mm　1/32
印　　张　10
插　　页　10
字　　数　216 千
版　　次　2019 年 1 月第 1 版
印　　次　2019 年 1 月第 1 次印刷
印　　数　1–1600
标准书号　ISBN 978-7-5333-4059-9
定　　价　**48.00 元**

清道十二年（1832年）杨岳春书
《子思子作中庸处》碑

清道光十二（1832年）张继邹书
《孟母断机处》碑

重建的三迁故址坊（2017年5月）

重建的断机堂（2017年5月）

重建的子思书院（2017年5月）

“子思书院”匾额　已故原北京大学教授张岱年先生1994年书

重建的述圣庙（原子思祠）（2017年5月）

“性天述祖”匾额　清雍正三年（1725年）世宗御书

述圣子思子遗像图（见子思祠石刻，清康熙年间《述圣遗像》）

思孟传授［见孟庙石刻，明洪武六年（1373年）《孟氏宗传祖图·思孟传授》］

孟母断机［见孟庙石刻，明洪武六年（1373年）《孟氏宗传祖图·断机》］

孟母三迁图（见明嘉靖本《三迁志》卷一）

孟母断机图（见明嘉靖本《三迁志》卷一）

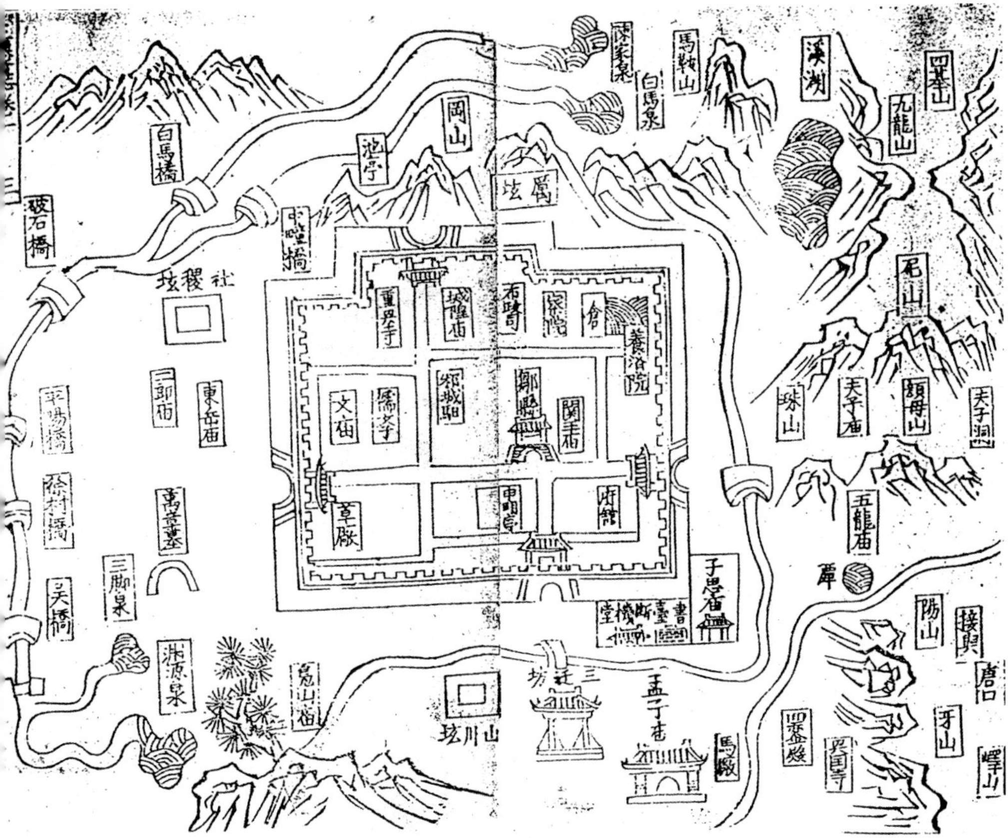

邹国图（见明嘉靖本《三迁志》卷一）

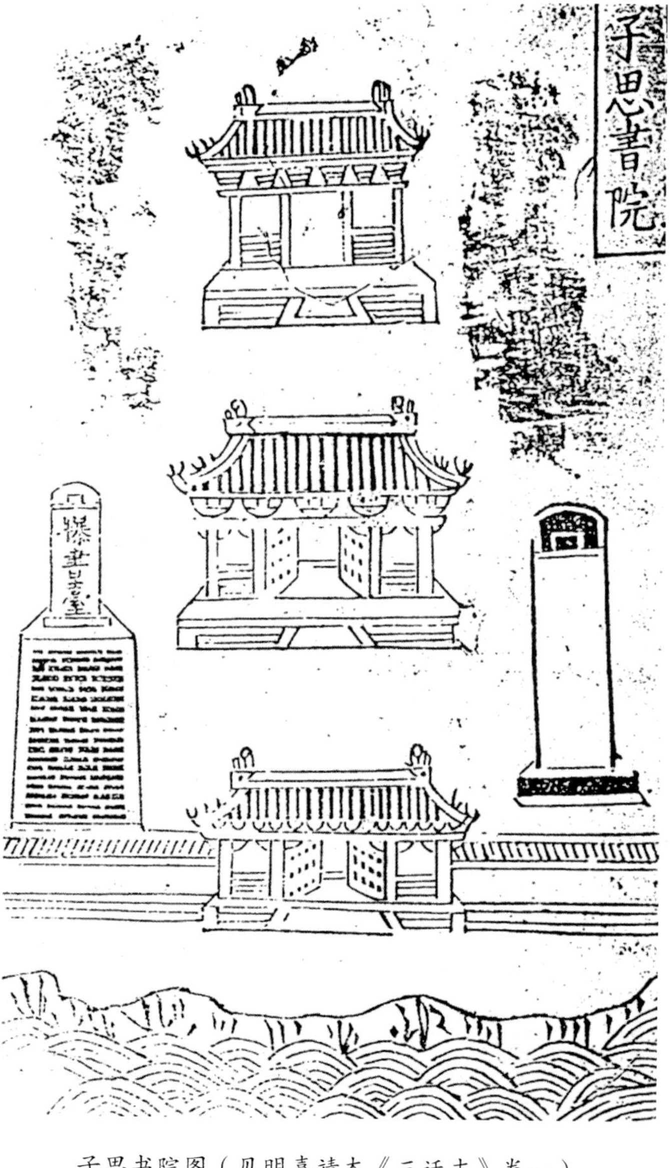

子思书院图（见明嘉靖本《三迁志》卷一）

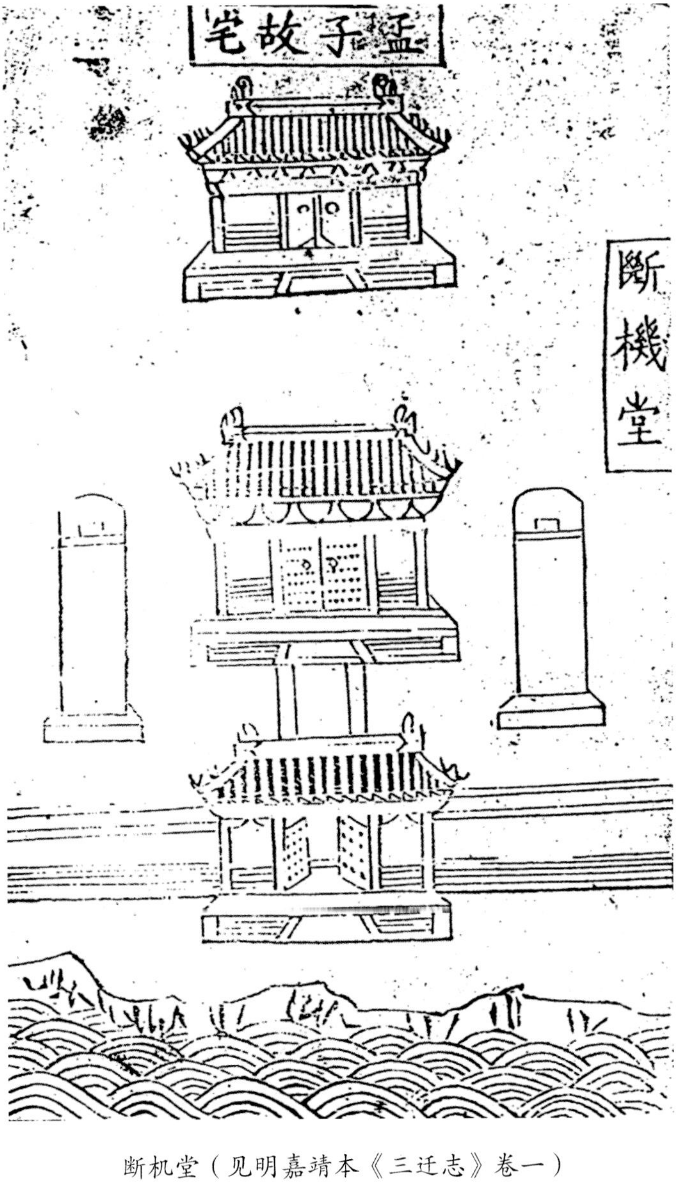

断机堂（见明嘉靖本《三迁志》卷一）

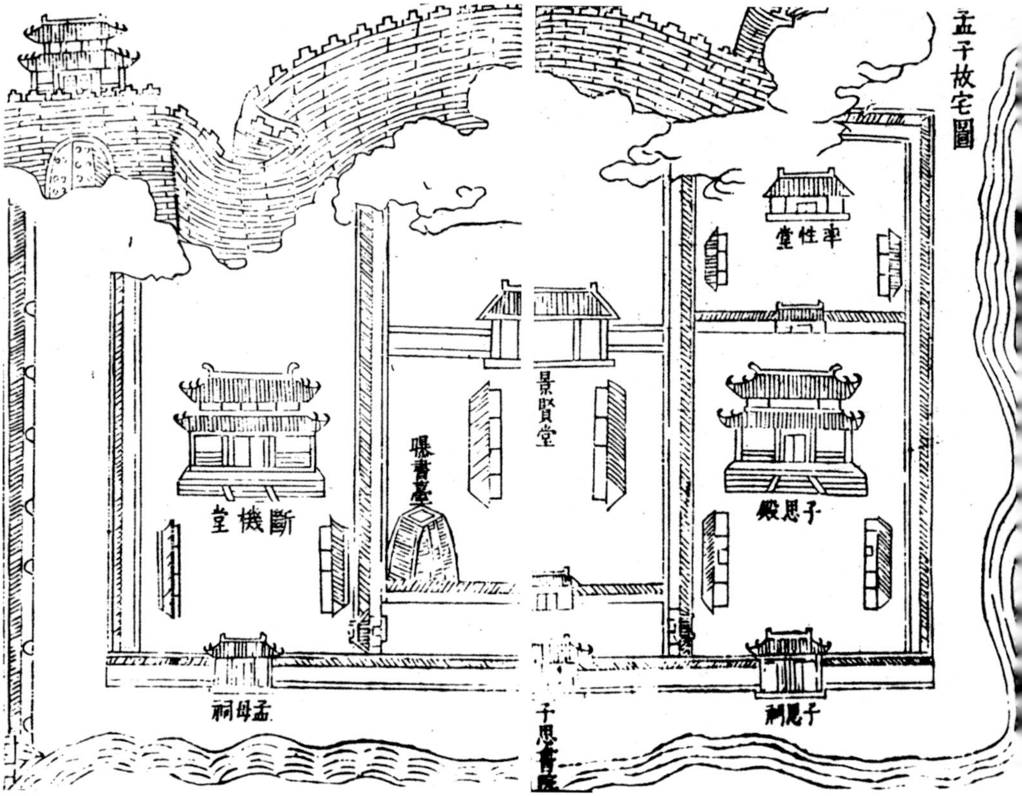

孟子故宅图（见明天启本《三迁志》卷一）

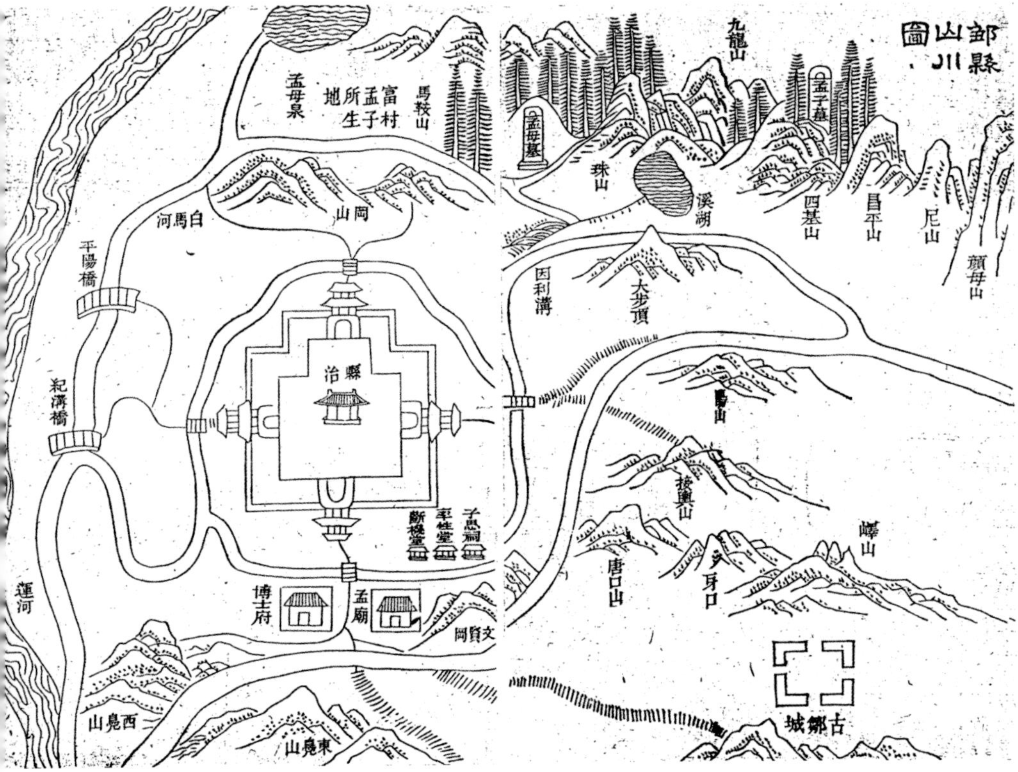

邹县山川图（见清光绪本《重纂三迁志》卷首）

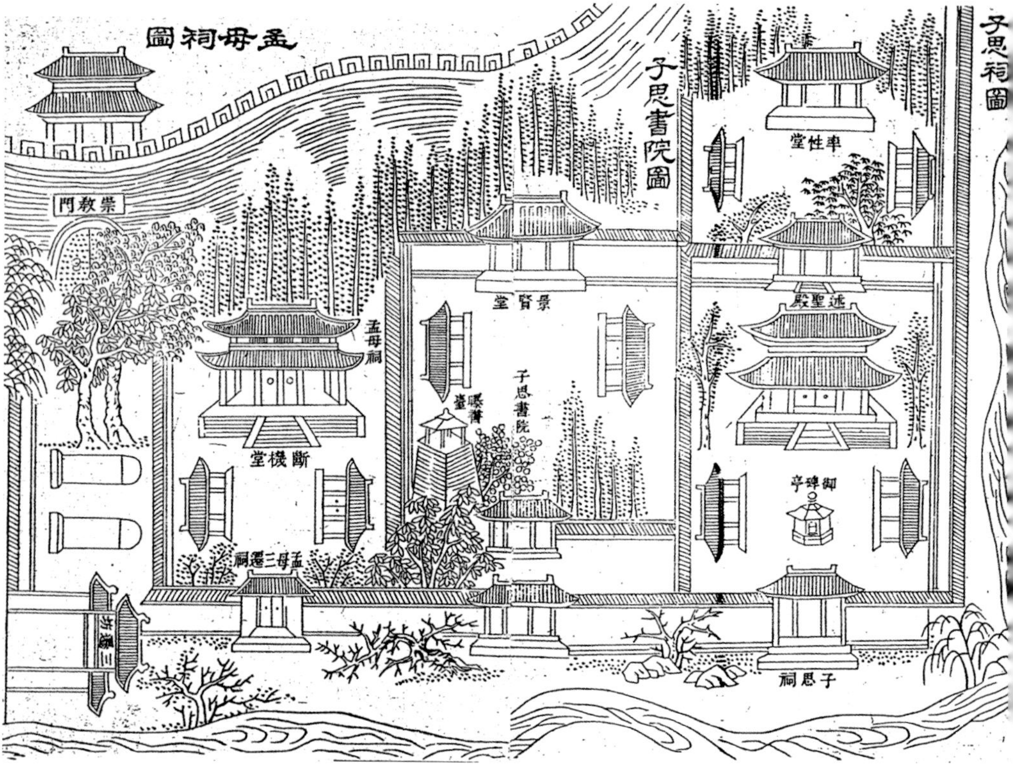

孟母祠、子思书院、子思祠图（见清光绪本《重纂三迁志》卷首）

前　言

儒家文化，是中国传统文化的主流。它由孔子创立，经孟子发扬光大，形成了以仁义礼智、孝悌忠信为核心内容的思想理论体系。两千多年来，《论语》《孟子》成为中国人传颂的经典中的经典。故孔子被尊为至圣，孟子被尊为亚圣，儒家文化也被称为孔孟之道。

孟子是孔子最忠实而有为的继承者。可以说，没有孔子，孟子无师法；没有孟子，孔子不得传。然而，孟子生活在战国中期，孔子生活在春秋末期，两者的出生相距约一百八十年。尽管孟子说"乃所愿，则学孔子也"(《孟子·公孙丑上》)，但由于时代的阻隔，他并未得到孔子的耳提面命，而只得遗憾地称："予未得为孔子徒也，予私淑诸人也。"(《孟子·离娄下》)那么，在孔子和孟子之间，应当还有一个中间环节。在这百余年间，一定还有一位儒家薪火的传递者。

司马迁说：孟子"受业子思之门人"(《史记·孟子荀卿列传》)。班固说：孟子为"子思弟子"(《汉书·艺文志》)。二说虽有差异，但有一点是相同的，那就是，孟子的师承与子思有密切的联系。子思，是孟子与孔子之间的一位衔接者。

子思，名伋，孔鲤之子，孔子之孙。自幼受过孔子的谆谆教诲。后人有的说他曾受业于曾子，有的说他曾受业于子游。曾子、子游都是孔子的高弟。他曾居于卫，困于宋，为臣于鲁，深受鲁穆公的敬重。司马迁在《史记·孔子世家》中说："子思作《中庸》。"《汉书·艺文志》著录："《子思》二十三篇。"《隋书·音乐志》记载，梁天监元年(502年)，沈约在回答梁武帝询问古乐时说：汉初编次《礼》，"《中庸》《表记》《防〔坊〕记》《缁衣》皆取于《子思子》"。《子思》二十三篇，自宋代就已经亡佚。现存《礼记》中有《中庸》篇，也有《表记》《坊记》《缁衣》等篇。

1993年冬，湖北郭店楚墓出土了八百余枚战国中期偏晚之前的竹简，记载了十六篇古籍。除《老子》《太一生水》外，其余十四篇，如《缁衣》《穆公问子思》《五行》《性自命出》等，多为子思或子思学派的儒者所著。《缁衣》的内容与今本《礼记·缁衣》大体相合。《五行》《性自命出》等关于心性的论述，与《中庸》《孟子》中的心性学说相通。这既弥补了孔、孟之间儒学文献的缺失，也证明了司马迁、班固、沈约等人言之有据。同时说明，战国时期确实存在着儒家的中坚——思孟学派。

今日所见之《中庸》，是南宋朱熹从《礼记》中摘出的《中庸》篇。并与《论语》《孟子》以及同是从《礼记》中摘出的《大学》合编为"四书"。由于年代久远，辗转传抄，可能已非庐山真面目。残编错简，增删掺杂，皆有可能。尽管如此，大多数学者仍然认为，《中庸》的主要内容还是子思所著，是一部不朽之作。

一提到"中庸"，人们往往把它与折中调和、和稀泥、和事佬画等号。其实,这是极大的偏见与误解。中庸之“中”,是不偏,无过无不及,是最佳状态,是唯一正确的选择,是通向成功之路;中庸之“庸”,是“中”的实践、运用,是有常,是有恒,是对“中”的坚守。它既是一种为人处世的科学态度,又是一种高尚的道德品质,含有深刻的哲理。

中庸,首先由孔子提出,见《论语·雍也》:“子曰:‘中庸之为德也,其至矣乎!民鲜久矣。’”今《中庸》中也有类似的话:“子曰:‘中庸其至矣乎!民鲜能久矣。’”在《尚书·大禹谟》舜对禹的训辞中,有“惟精惟一,允执厥中”的语句。意思是,唯有精诚专一,坚定地秉持中道。在《论语·尧曰》中,载有尧对舜的训辞,也有“允执其中”的语句,并说“舜亦以命禹”,即舜用同样的话来告诫禹。由此可见,“允执厥(厥,与‘其’同义)中”是中国最古老的训辞,是尧、舜、禹言传身授的必守准则,其宗旨是“执中”。这应是中庸的渊源。

今《中庸》,不是一部系统的学术著作,而是一部语录集。由冠以“子曰”的孔子的话和不冠言者的话交叉组成。前半部分孔子的话多,后半部分不冠言者的话多。全篇二者之言约各占一半,而孔子的话略多一些。孔子所言中庸,主要是对中庸的赞美,以及评议人们对中庸的态度,强调中庸不可为。对中庸的解释几乎没有。只说了舜“执其两端,用其中于民”,答子路问强称“中立而不倚”,似对“中”的表述。另外,讲了舜、周文王、周武王、周公之德,为政之道,以及修身之道、治学之道等。不冠言者的话,基本没有涉及中庸。只有一句君子“极高明而道中庸”;还有“喜怒哀乐之未发,谓之中;发而皆中节,谓之和”,以及“致中和”。此“中”，并非中庸之“中”。它讲的主要内容，是性、道、教；君子，君子之道；诚，至诚；圣人之道，至圣等。诚，是其核心与最高准则。认为“自诚明，谓之性”“唯天下至诚为能尽其性”，尽其性，则可以“赞天地之化育”“与天地参”。还认为“至诚如神”“至诚无息”“不诚无物”等。就孔子的话与不冠言者的话综合而言，其执中有恒的准则、至诚不二的理念、追求极致的精神、与天地并立的境界，都含有独具特色的哲学思想。

《孟子》中没有提到“中庸”。但有“中道”，如“中道而立，能者从之”(《尽心上》)。“孔子岂不欲中道哉?”(《尽心下》)还有“执中”，如“子莫执中”“执中无权，犹执一也”(《尽心上》)。他不仅赞同执中，而且主张执中“有权”，即在执中过程中顺应时势。他认为，只知道执中，而不知道变通，仍然是执一。这是对中庸更深刻的理解与阐释。孟子批判杨墨，就是对中道的坚守，对执中的践行。他认为，“杨子取为我，拔一毛而利天下，不为也；墨子兼爱，摩顶放踵利天下，为之”(《尽心上》)，都是偏离了中道，走向了极端。不论是“为我”，还是“兼爱”，都是执一。这样，将有害于中道，举一而废百。孟子还赞扬孔子“仲尼不为已甚者”(《离娄下》)。这是对中庸的认可。

《孟子》与《中庸》，有许多相通之处。尤其是在对“性”与“诚”的论述方面。如，《中庸》说:“天命之谓性。”《孟子》说:“尽其心者，知其性也。知其性，则知天矣。”(《尽心上》)

《中庸》说:“率性之谓道。”《孟子》说:“凡有四端于我者，知皆扩而充之矣，若火之始然，泉之始达。”(《公孙丑上》)主张顺人之性而以为仁义。(《告子上》)

《中庸》说:“赞天地之化育”“与天地参”;《孟子》说:“塞于天地之间”(《公孙丑上》),“上下与天地同流”(《尽心上》)。

《中庸》说:“唯天下至诚为能化”;《孟子》说:“至诚而不动者,未之有也;不诚,未有能动者也。”(《离娄上》)

《中庸》说:“诚者,天之道也;诚之者,人之道也。”《孟子》说:“是故诚者,天之道也;思诚者,人之道也。”(《离娄上》)

《中庸》说:“在下位不获乎上,民不可得而治矣。获乎上有道,不信乎朋友,不获乎上矣。信乎朋友有道,不顺乎亲,不信乎朋友矣。顺乎亲有道,反诸身不诚,不顺乎亲矣。诚身有道,不明乎善,不诚乎身矣。”《孟子》说:“居下位而不获于上,民不可得而治也。获于上有道,不信于友,弗获于上矣。信于友有道,事亲弗悦,弗信于友矣。悦亲有道,反身不诚,不悦于亲矣。诚身有道,不明乎善,不诚其身矣。”(《离娄上》)

《中庸》说:“射有似乎君子,失诸正鹄。反求诸其身。”《孟子》说:“仁者如射。射者正己而后发;发而不中,不怨胜己者,反求诸己而已矣。”(《公孙丑上》)

由上述可见,《中庸》与《孟子》,你中有我,我中有你,有割舍不断的血脉联系。对“性”与“诚”的论述,是二者最大的交接点。论性,《孟子》更透彻,并鲜明地提出了“性善”,这是《中庸》所不及。论诚,《中庸》更开阔,以至诚为最高准则,这是《孟子》所欠缺。然而,今《中庸》见于汉代人所编之《礼记》,已非《中庸》之本来面目,对撰者也存有争议。而《孟子》,是公认的孟子所言、孟子所撰,成书于战国,流传中保持了原貌。《中庸》与《孟子》的相通之处,究竟哪些是孟子继承了子思,哪些是汉代人将孟子之言掺入了《中庸》，还有待于进一步研究。不论怎样，《中庸》与《孟子》代表了思孟学派的核心思想，孟子与子思有承继关系，这是毫无疑问的。

孟子生于邹，子思生于鲁。邹鲁地相连，水相通，人相闻，自古就是一个文化区。自新石器时期以来，直至夏商周，这里的先民创造了光辉灿烂的物质文明和精神文明，文化遗存丰富多彩，且绵延不绝。春秋战国时期，达到一个高峰，涌现出了孔子、颜子、曾子、子思、孟子、墨子等一大批圣贤。他们讲述着尧舜禹汤文武周公的故事，传诵着圣王先哲们的古训箴言，笃行着君子之风。或参与政事，或授徒讲学，或著书立说。达则兼善天下，穷则独善其身。一代接着一代地传递着文化的薪火。《中庸》《孟子》就是这个文化链条上的两个重要节点。

秦汉之后，邹鲁由诸侯国沦为了县邑。但文化的传承仍然没有中断。木有本，水有源。这里的人们不忘先圣先贤。诵其书，慕其人，寻其迹，护其根，延其脉。孔子逝后，弟子们为他守墓数年，又把他居住过的堂室沿袭为祠庙，岁时致祭，世代不绝。孔庙既是祭祀孔子的场所，又是儒学延续的基地。北宋景祐四年（1037 年），孔子 45 代孙孔道辅为孟子寻坟砌墓，在墓侧建庙，并找到了孟氏后裔，让他们主持年年岁岁的祭祀。后经两次搬迁，孟庙定于今址。如今是殿庑巍峨，桧柏参天，满地丰碑满壁诗。

元代元贞元年（1295 年），邹县县尹司居敬根据百姓传说与人心所向，在县城东南隅找到孟子故宅，在其遗址重建了子思讲堂，名曰“中庸精舍”，堂匾曰“渊源”，内祀子思，孟子陪祀。以存圣贤之遗迹，以明斯道之所自。大德六年（1302 年），县尹宋彰就子思讲堂创建了中庸书院，于讲堂后构筑讲室，匾曰“率性”，斋舍厨库俱全，延聘鸿儒为师，选取俊秀子弟就读，以延圣贤故里之文脉，以续思孟授受之遗风。延祐元年（1314 年），里人尚书省照磨姜元，捐俸金购大字《九经正义》等近千卷，邑之令尹、士大夫等也纷纷助资购书，使中庸书院藏书达两千余卷。后又相继捐资购置学田十余顷，以廪师生，以供祭祀。延祐二年（1315 年），朝廷允邑令之请，改中庸书院为子思书院，设山长一员，以司祭祀与训导。延祐三年（1316 年），元仁宗加封孟子父为邾国公、母为邾国宣献夫人。至顺元年（1330 年），元文宗加封子思为沂国述圣公、孟子为邹国亚圣公。至元三年（1337 年），按察佥事杨国贤，在曝书台西北重修孟母断机堂，以彰孟母三迁、断机教子之懿德。至正三年（1343 年），邹县尹邓彦礼，于子思讲堂东新建子思庙，以故讲堂等专作书院之用，使子思有了专庙祭祀，并扩大了书院的规模。至正四年（1344 年），邹县耆儒马亨等请任城艺人黄国器泥塑孟母像，冠服拟一品命妇，祀于断机堂。又将断机堂与书院隔开，前别辟门宇。时至元代末期，历 50 余年，经多任令尹、山长及士大夫、众邑人的持续努力，终使孟子故居得以保护；子思书院规制完备，师生济济；子思祠、孟母祠庄重肃穆，美轮美奂。

子思书院、子思祠、孟母断机堂重建后，改朝换代，风雨侵蚀，自然灾害，战乱兵燹，都曾使其倾圮废毁。一次次仅存基址，一次次又从废墟中重新崛起。且规模不断扩大，建制更加完备。仅明代就重修约 13 次。如，嘉靖三十二年（1553 年），兖郡大饥，至人相食，饿者多至书院中，折林木以炊，惟子思、孟母二殿及二西廊存，然门窗不具，余悉鞠为茂草。嘉靖四十一年（1562年），章时鸾来知邹邑，拜谒祠下，恻然不宁。在浙江巡抚都御史赵炳然捐俸资助下，渐次重修。遵旧制而修葺者，有子思祠、断机堂、率性堂、中庸精舍。推本中庸之义而创立者，有修道堂、慎独斋、中和堂等。在门外东西各竖一坊，以为瞻表。视旧制又过且备，焕然聿新。遂师生肄业其中者40余人。又捐金募匠，刊《大学衍义》等书，以为世守。割腴田50亩，岁入其租，以充供具。明末，子思书院、子思祠、断机堂均毁于兵火。自此，子思书院再也未闻读书之声。子思祠、断机堂在清代又重修了约12次。增设者，有"子思子作中庸处""孟母断机处"大字石碑，三迁故址坊、孟子洗砚池等。雍正三年（1725年），世宗御书"性天述祖"匾额，悬于子思祠正殿。乾隆十三年（1748年），高宗御书《子思子赞》，刻石建亭立于子思祠院中。早在明正德二年（1507年），朝廷授孔氏次嫡之贤者世袭翰林院五经博士，专奉子思祠祀事。清代因袭。孟母祠祭祀则由孟氏嫡裔主持。至清末民初，两祠香火不绝，拜谒者不断。1945年，这里又毁于战火。后来，一切荡然无存。七十年后的今天，子思书院、子思祠、断机堂又一次在废墟上重新崛起。

子思书院、子思祠、断机堂八百多年的沧桑，皆有文字可考。历代重建、重修的主事者，多是邹县令尹。他们由读儒家的书而进入仕途，是一批先知先觉者、有情有义者、敢于担当者、善于谋事者、孔孟之道的传承者。他们不仅留下了恢宏肃穆的建筑，而且留下了情深意邃的文章。这些鸿篇大作，文辞优美，内容丰富，或镌之贞珉，或刊之志书。它们记述了重建、重修的初衷、经过，阐释了中庸奥蕴、思孟传承，追溯了儒学的渊源流派，抒发了对子思、孟母以及孔子、孟子的景仰之情。

这些儒家文化遗存，饱经劫难。殿堂倒塌了，遗址占压了，承载它们的石刻或被埋在地下，或被砌入河堤，或被损毁粉碎，或被改作它用。至 20 世纪 70 年代，在故址地面已无只言片石。值得庆幸的是，刊引入历代《邹县志》《三迁志》的部分篇章，还可以被求索；砌入河堤的部分石碑，在近年重建中又重见了天日。本集收录的 47 篇碑文、69 篇题咏，就是从历代《邹县志》《三迁志》中辑录，从新出土的石刻中抄录整理所得。它们是劫后幸存者，是子思书院、子思祠、断机堂的灵魂，是中国传统文化中不可或缺的不朽篇章。我们应当珍惜它、研究它、传承它。

邹鲁之地文脉不绝。

邹鲁之人无愧先哲。

凡 例

一、本书收录诗文的范围，包括留存于子思书院、子思祠、孟母断机堂历代石刻中的碑文、题咏、图像；孟庙中与子思、孟母有关的历代碑文、题咏、图像；明、清《三迁志》《邹县志》中有关子思书院、子思祠、孟母断机堂的诗文、图像；历史典籍中子思的著作，以及有关孟母的初始记述等。

二、本书收录诗文的时限，起自战国，截至清末。附录涉及当今。碑刻现存的地点，一律以2017年5月存立的地点为准。

三、本书在辑录诗文内容时，坚持采自原始出处的原则。凡有原始石刻者，一律采自原始石刻；原始石刻亡佚或残毁者，则寻求最早的拓本；无拓本者，则寻求最早刊印的文献，根据具体情况，或辑录全文，或补充其残缺部分。凡采自历史文献中者，坚持选用最初版本，或最佳版本。

四、本书收录的碑文，以一块碑刻为一收录单位。一块碑刻有多篇内容者，第一篇之后的内容，以及碑阴、碑侧的内容，一律按顺序排列在第一篇之后，且不受时代、年月的限制。

五、为方便检索，每一石刻另冠一标题。原作凡有标题者，采用原作标题;原作无标题者,则由编者根据内容为其加一标题。标题下署撰者。采自文献者亦然。

六、诗文内容,根据来源分别作出标示。凡竖立的碑刻,标出[篆额][碑文][碑阴][碑侧]等;凡镶于壁的石刻,标出〔石刻文〕;凡录自拓本者,同原石;凡录自文献者,一律称[原文]。

七、原作中的繁体字、异体字、通假字、古今字、俗字等,均尽可能按现通用的简体字作规范处理。无法进行规范处理者,则按原来的字形排印。原作中的错字,以()示之;编者纠正的字,以[ ]示之。

八、为方便阅读,编者对原作进行了分段与标点,并在篇后对其出处、保存状况等作了简要介绍。对石刻中因自然或人为的原因导致残缺的字,文中以□示之;成段残缺者,以□□□……示之,简介中不再逐一说明。对文献中的不清晰字、拓本中的残缺字以及石刻的特殊致残情况等,则分别另加说明。

九、所有诗文,均按时代先后排序。时代相同者,则按年月早晚排序。年月相同者,依次以子思书院、子思祠、孟母断机堂为序。

目　录

卷一　战　国

卷二　西　汉

卷三　元　代

卷四　明　代

卷五　清　代

附　录

卷一　战国

中　庸

子思子　撰
刘培桂　译注

说明:《中庸》原文,录自汉郑玄注、唐孔颖达疏《礼记·中庸》(清·阮元校刻《十三经注疏》,中华书局影印,1980 年 9 月第 1 版)。原文分章,基本依宋朱熹《中庸章句》。仅将其第 5 章合入第 4 章为一章。故《中庸章句》为 33 章,本《译注》为 32 章。为阅读方便,取每章的第一句或第一句中的主要部分作为章名。

第一章　天命之谓性

天命之谓性[①],率性之谓道[②],修道之谓教[③]。

道也者,不可须臾离也[④];可离,非道也。是故君子戒慎乎其所不睹,恐惧乎其所不闻。莫见乎隐[⑤],莫显乎微[⑥],故君子慎其独也。

喜怒哀乐之未发,谓之中;发而皆中节[⑦],谓之和。中也者,天下之大本也;和也者,天下之达道也[⑧]。致中和,天地位焉,万物育焉。

［注释］

①天命：自然赋予的。此天，是自然之天。命，是命令。引申为赋予。也可理解为与生俱来的。　性：人区别于其它动物的专有属性。

②率性：依循本性而行。率，遵循。　道：正道。可遵循的规律，法则。

③修：学习，遵循。此处也有传授的意思。

④须臾（yú 余）：片刻。

⑤隐：隐晦。与显相反。

⑥微：小，细，少。

⑦中（zhòng 仲）节：恰如其分。意谓无过无不及。中，着，击中目标。

⑧达道：人所共由之道。达，常，通行不变。

［译文］

自然赋予的特质就是人的本性。循着本性去发展、去作为就是人生的正道。传授、学习、遵循正道就是教化。

道，不可片刻脱离。如果可以脱离，那便不是道了。所以君子在别人看不到的时候仍然保持戒慎之心，在别人听不到的地方仍然保持恐惧之心。世上没有看不见的隐蔽，没有不显现的精微，所以君子在自己独处的时候应当特别谨慎。

喜怒哀乐在没有表现出来的时候，叫做中；表现出来了并且都恰到好处，叫做和。中，是天下的根本；和，是天下的常道。做到中和，天地就各居其位了，万物就生长发育了。

[疑难]

○天命之谓性

朱熹《中庸章句》注(以下简称"朱《注》"):"命,犹令也。性,即理也。天以阴阳五行,化生万物,气以成形,而理亦赋焉,犹命令也。于是人物之生,因各得其所赋之理,以为健顺五常之德,所谓性也。"性,即理也。"理"又是什么?朱熹硬把"性"与"理"捆绑在一起,用"理"去解释"性",那是解释不通的。如果对"性"不能作出一个正确的解释,那么,本章的论述将失去根基。此"性",是人性,是人区别于其它动物的特有的属性。说"性,即理也",背离了本章的本义。"理"与"道"比较接近。如果说:"性,即道也。"能讲得通吗?

第二章 君子中庸

仲尼曰①:"君子中庸②,小人反中庸。君子之中庸也,君子而时中③;小人之[反]中庸也④,小人而无忌惮也⑤。"

[注释]

①仲尼:孔子的字。孔子名丘,字仲尼。

②中庸:执中而有恒。中,不偏不倚,无过无不及。庸,常,持之以恒。

③时中:中庸的具体表现。即时常执中而不间断。

④小人之[反]中庸也:《十三经注疏》本及《四书集注》本均无“反”字。据郑玄《注》:“王肃本作‘小人之反中庸也’。”有“反”字为是。故加之。

⑤忌惮:有所顾虑惧怕而不敢妄为。

[**译文**]

孔子说:“君子奉行中庸,小人违反中庸。君子做到的中庸,表现为君子执中而能持之以恒。小人违反中庸,表现为小人无所顾忌惧怕而肆意妄为。”

[**疑难**]

○中庸:郑玄《注》:“名曰‘中庸’者,以其记‘中和’之为用也。庸,用也。”这是郑玄在《礼记·中庸》题目下的注释。在本章下郑玄又《注》:“庸,常也。用中为常道也。”

在《四书集注·中庸章句》中庸题下,朱熹注曰:“中者,不偏不倚,无过不及之名。庸,平常也。”又引述“子程子曰:不偏之谓中,不易之谓庸。中者天下之正道,庸者天下之定理。”

郑、朱、程注,对“中”基本无异议,只有“中”与“中和”之差异。对“庸”的解释则各有己见。“用”,是庸的本义。《说文》:“庸,用也。”“常”,也是庸的含义之一,它由“日常”引申而来。《易·乾》:“庸言之信,庸行之谨。”此处的“庸言”“庸行”,是指日常的言行。故郑注“庸”为“用”、为“常”,都符合本义。只是一辞而两注不如统一为好。

朱熹注“庸”为“平常”,程子注“庸”为“不易”,可能也是由“日常”引申而来。但释为“平常”“不易”就离“日常”远了一点。平常,可解为“日常”，也可解为“一般”“平凡”。不易，有“常”的意思，但也有“不变”的意思。若与孟子所言“执中无权，犹执一也”（《孟子·尽心上》）相比，就不高明了很多。孟子既讲执中，又讲权变。不易，是缺少了变通与辩证的。况且，“庸”也没有“不易”之解。故朱注、程注有不妥之处。

释“庸”为“用”、为“常”，虽然都符合本义，但不能并用。若二者取一，“常”更合适一些。常，含义较多，除有日常、经常、常常等之外，还有不少其它的含义。而“恒”与“常”义近，且比较单纯，故释“中庸”为“执中有常”符合本义；而“执中有恒”既符合本义，又不致产生歧义与费解。

第三章 中庸其至矣乎

子曰：“中庸其至矣乎①？民鲜能久矣②。”

［注释］

①中庸其至矣乎：本章见《论语·雍也》：“子曰：‘中庸之为德也，其至矣乎！民鲜久矣。’”与本章比较，前句多“之为德”，后句少一“能”字。其，相当于“难道”，表示反诘。《左传·僖公五年》：“一之谓甚，其可再乎！”至，极。极至，高深。

②民鲜（xiǎn 显）能久矣：人们很少能持久做到它。鲜，少。《诗·大雅·荡》：“靡不有初，鲜克有终。”久，时间长，持久。

［译文］

孔子说:“中庸难道太高深了吗?人们很少能持久做到它。”

第四章　道之不行也

子曰:“道之不行也,我知之矣,知者过之[①],愚者不及也;道之不明也,我知之矣,贤者过之,不肖者不及也[②]。人莫不饮食也,鲜能知味也。”

子曰:“道其不行矣夫[③]?”

［注释］

①知(zhì 智):同“智”。“知”“智”古今字。《论语·子罕》:“择不处仁,焉得知。”《论语》“智”皆作“知”。

②不肖:不才,不正派。

③道其不行矣夫:本句朱熹《中庸章句》列为第五章。注者认为,本句意思与上一段相联,且仅有一句,不宜独立成章,故与上一段合列为一章。

［译文］

孔子说:“道不能施行的原因,我知道了。聪明的人认为我已经做得很好了,愚笨的人认为我做不到。道不能彰显的原因,我知道了。贤能的人认为我已经通晓了,不才的人认为我无法弄明白。人没有不吃不喝的,但很少有人能品尝出食物的滋味。”

孔子说:“道难道真的不可施行吗?”

第五章　舜其大知也与

子曰:“舜其大知也与[1]! 舜好问而好察迩言[2],隐恶而扬善,执其两端[3],用其中于民,其斯以为舜乎!”

[注释]

①舜:传说中父系氏族社会后期部落联盟领袖。姚姓,有虞氏,名重华,史称虞舜。相传他孝亲敬长,友恭兄弟,与人为善。奉尧命驱逐禽兽,荐举禹治理洪水,使禽兽逃,水患平,人得食居。还曾除鲧(gǔn 滚)、共工、驩(huān 欢)兜、三苗“四凶”。尧年老,代尧摄政。后禅位于禹。

②迩(ěr 耳)言:浅近或左右亲近的话。《诗·小雅·小旻》:“维迩言是听,维迩言是争。”迩,近。

③执:掌握,控制。

[译文]

孔子说:“舜是有大智慧的人啊! 舜喜欢请教别人,并且善于分析浅近及身边人的言论,把不好的隐匿起来,把好的褒扬出去,掌控好过与不及,把中正平和的意见用在治理百姓上。这就是他能成为舜的缘故吧!”

第六章　人皆曰予知

子曰："人皆曰'予知'，驱而纳诸罟擭陷阱之中[①]，而莫之知辟也[②]。人皆曰'予知'，择乎中庸，而不能期月守也[③]。"

［注释］

①罟（gǔ 古）：网的通称。　擭（huò 获）：装有机关的捕兽木笼。

②辟（bì 避）：躲避。通"避"。

③期（jī 基）月：一整月。期，一周年，一整月，或一昼夜。同"朞"。

［译文］

孔子说："人人都说'我聪明'，如果把他驱赶着钻进网笼陷阱之中，却不知道去躲避。人人都说'我聪明'，信奉了中庸之道，却连一个月也坚持不了。"

第七章　回之为人也

子曰："回之为人也[①]，择乎中庸，得一善，则拳拳服膺而弗失之矣[②]。"

［注释］

①回：即颜回（公元前 521 ~ 前 490 年）。郑国国君郑武公郑娄颜

的后裔,以其祖的名“颜”为氏。回,是其名,字子渊。春秋末居鲁,为孔子得意弟子。好学,乐道安贫。一箪食,一瓢饮,不改其乐。不迁怒,不贰过。孔子称其贤,甚至说连自己也赶不上他。在孔门中以德行著称。可惜早逝。自汉高帝十二年(公元前195年)开始配享孔子,历经各代一直居于配享中的首位。唐、宋时曾被尊为“亚圣”,元代尊为“兖国复圣公”,明嘉靖九年(1530年)改称“复圣”。曲阜有颜子庙。

②拳拳服膺(yīng英):恳切、忠谨地牢记在胸中,衷心信服。

[译文]

孔子说:“颜回的为人啊,选择了遵循中庸,悟得了一个好的道理,就恳切、忠谨地牢记在胸中,衷心信服而不失去。”

第八章　天下国家可均也

子曰:“天下国家可均也①,爵禄可辞也,白刃可蹈也,中庸不可能也②。”

[注释]

①均:公平,均匀。通过治理达到公平。

②能:及,达到。

[译文]

孔子说:“天下国家可以治理公平,爵位俸禄可以辞去,雪亮的刀刃可以踩过,中庸做不到啊!”

第九章　子路问强

子路问强[①]。

子曰:“南方之强与?北方之强与?抑而强与[②]?宽柔以教,不报无道,南方之强也,君子居之[③]。衽金革[④],死而不厌[⑤],北方之强也,而强者居之。故君子和而不流,强哉矫[⑥]!中立而不倚,强哉矫!国有道,不变塞焉[⑦],强哉矫!国无道,至死不变,强哉矫!”

[注释]

①子路(公元前542~前480年):春秋末期鲁国卞(今山东泗水县)人。仲氏,名由,字子路,又字季路。孔子弟子。性直爽勇敢。孔子任鲁国司寇时,他任季孙氏宰(家臣)。后任卫大夫孔悝(kuī亏)邑宰,因不愿跟从孔悝迎立蒉聩(kuì guì愧贵)为卫公,被杀。因子路有勇力,故后世将他作为勇士的代称。　强:刚健有力。与“弱”相对。

②抑:连词。表示选择,相当于“或”。　而:代词。你。此处指子路。

③居:处于,位于。

④衽(rèn认)金革:衽,卧席。使动用法,作为卧席。金革,犹言甲兵。金,兵戈之属;革,甲胄之属。此句意为,把兵戈甲胄作为卧席。

⑤厌:憎恶,抛弃,厌倦。

⑥强哉矫：对强的赞叹。矫，强的样子。意为真正的强，或强中之强。

⑦塞（sè 色）：困厄，时运不通。

［译文］

子路向孔子请教什么是强。

孔子说："你问的是南方人的强呢，还是北方人的强？或者是你自身的强呢？用宽厚温和的态度去教化百姓，不报复蛮横无理，这是南方人的强，君子处于这类强中。枕戈待旦，寝不解甲，至死而不厌倦，这是北方人的强。强悍的人处于这类强中。所以君子与人和睦相处而不随波逐流，这是强中之强！中道而立而不偏执，这是强中之强！国家政治清明，不改变穷困时的志向，这是强中之强！国家政治昏暗，至死不失去节操，这是强中之强！"

第十章　素隐行怪

子曰："素隐行怪[①]，后世有述焉，吾弗为之矣。君子遵道而行，半途而废，吾弗能已矣。君子依乎中庸，遁世不见知而不悔[②]，唯圣者能之。"

［注释］

①素隐行怪：空有"隐居"之名，实有怪异之行。素，空。有名无实，或有实无名。王充《论衡·量知》："素，空也。"

②遁(dùn 盾)世:隐居于世。遁,逃避,隐去。遯,是“遁”的本字。

[译文]

孔子说:“空有‘隐居’之名,实有怪异之行,虽然后世有人传述,我不那样做。君子遵循中道而行,即便有人半途而废,我却不能停止不前。君子依循中庸,隐居于世不被见知而不懊丧,只有圣者能做到这样。”

[疑难]

○素隐行怪

郑玄《注》:“素,读如‘攻城攻其所傃(sù 素)’之‘傃’。傃,犹乡也。言方乡辟害隐身而行诡谲,以作后世名也,弗为之矣,耻之也。”孔颖达《疏》:“素,乡也。谓无道之世,身乡幽隐之处,应须静默,若行怪异之事,求立功名,使后世有所述焉。”

朱熹《注》:“素,按《汉书》当作“索”,盖字之误也。索隐行怪,言深求隐僻之理,而过为诡异之行也。”

此句难解,在一“素”字。郑玄《注》素为“傃”,傃又犹“乡”。乡,即方向的“向”。从而将此句释为“辟害隐身而行诡谲(jué 绝)”。孔颖达则《疏》曰:“素,乡也。谓无道之世,身乡幽隐之处。”朱熹《注》“素”为一错字,按《汉书》当作“索”。于是,此句就变为了“索隐行怪”。故释为“言深求隐僻之理,而过为诡异之行也”。

此两《注》一《疏》,都是先改变了原文的“素”字,而根据改后的“乡(向)”“索”二字去作解释,结果是既晦涩难懂,又偏离了本义。

素,本义是没有纹饰、没有染色的丝织品,如绢、帛之类。故引申为“白”,引申为“空”,引申为“质”等。

《诗·魏风·伐檀》,有“彼君子兮,不素餐兮”“彼君子兮,不素食兮”“彼君子兮,不素飧(sūn 孙)兮”之句。素餐、素食、素飧,都是白吃闲饭。这里的素,是“白”的意思,或“空”的意思,是无功而禄,不劳而食。

汉王充《论衡·量知》:“素者,空也。空虚无德,餐人之禄,故曰素餐。”王充将“素”释为“空”。

《庄子·天道》:“以此处上,帝王天子之德也;以此处下,玄圣、素王之道也。”《注》:“有其道为天下所归而无其爵者,所谓素王自贵也。”此处的“素王”,是指有帝王之德而未居其位的人。此“素”,作“空”解,是无帝王之位。

汉王充《论衡·定贤》:“孔子不王,素王之业在《春秋》。”《抱朴子·博喻》:“是以立素王之业者,不必东鲁之丘;能洽掩枯之仁者,不必西都之昌。”这里是称孔子为“素王”。此“素”,也是“空”的意思,指有帝王之德,而无帝王之位。

《史记·货殖列传》:“今有无秩禄之奉,爵邑之入,而乐与之比者,命曰‘素封’。”《正义》:“古不仕之人自有园田收养之给,其利比于封君,故曰‘素封’也。”此素封,是指无官爵封邑而拥有资财的富人。此“素”,也是“空”的意思。

本章“素隐行怪”之“素”,同以上用法,应解为“空”。即有名无实,或有实无名。素隐,就是空有隐士之名,而无隐居之实。如同素王、素封、素餐之类。以“空”释素,本句顺理成章。“素隐行怪”,即空有隐士之名,而实有怪异之行。这样解释,与末句的“遁世不见知而不悔”,前后呼应。

第十一章　君子之道

君子之道，费而隐[①]。夫妇之愚，可以与知焉；及其至也，虽圣人亦有所不知焉。夫妇之不肖，可以能行焉；及其至也，虽圣人亦有所不能焉。天地之大也，人犹有所憾[②]。故君子语大，天下莫能载焉；语小，天下莫能破焉[③]。

《诗》云："鸢飞戾天，鱼跃于渊[④]。"言其上下察也。君子之道，造端乎夫妇，及其至也，察乎天地[⑤]。

[注释]

①费而隐：通俗而又高深。费，用得多。引申为通俗。隐，隐蔽，难识。引申为高深。

②憾：遗憾，不满意。

③破：剖分，解析。

④鸢（yuān 冤）飞戾（lì 利）天，鱼跃于渊：见《诗·大雅·旱麓》。意思是，老鹰飞上天空，鱼儿跃在渊中。鸢，老鹰。戾，到达。

⑤察：昭著，通达。

[译文]

君子所遵循的道，通俗而又高深。普通的男女，虽然愚笨，也可以让他们听懂；达到高深之处，虽然是圣人也有不能知晓的地方。普通的男女，虽然不才，也可以让他们去施行；达到高深之处，虽然是圣人也有做不到的地方。天地如此之大，人们仍然对它有不满意的地方。所以，君子说道之大，天下再大的地方也不能承载它；说道之小，天下再小的地方也不需要裂解它。

《诗》中说："老鹰飞至天空，鱼儿跃在渊中。"是说上下通达啊！君子所遵循的道，起始于普通男女，达到高深之处，通达于天地之间。

第十二章　道不远人

子曰："道不远人，人之为道而远人，不可以为道。《诗》云：'伐柯伐柯，其则不远①。'执柯以伐柯，睨而视之②，犹以为远。故君子以人治人，改而止。忠恕违道不远，施诸己而不愿，亦勿施于人。君子之道四，丘未能一焉。所求乎子以事父，未能也；所求乎臣以事君，未能也；所求乎弟以事兄，未能也；所求乎朋友先施之，未能也。庸德之行，庸言之谨，有所不足，不敢不勉；有余不敢尽。言顾行，行顾言，君子胡不慥慥尔③！"

[注释]

①伐柯伐柯，其则不远：见《诗·豳（bīn 宾）风·伐柯》。意思是，砍斧柄呀砍斧柄，样子就在你面前。柯，斧柄。则，准则，样子。不远，指手握斧头伐木制作斧柄，取材的样子就是手中所握的斧柄，两者相距不远。

②睨（nì 逆）：斜视。

③慥(zào 造)慥:诚实貌。

[译文]

孔子说:“道不能远离人们的生活。人们在生活中创立的道,反而远离了人们的生活,那就不是道了。《诗》说:‘砍斧柄呀砍斧柄,样子就在你面前。’手握斧柄去砍制一个新的斧柄,斜着眼看着它,还觉得距离远。所以君子用来自众人的法则去治理众人,改正了就应当停止。忠恕与道就相差不远了。如果施行在自己身上都不愿意,也就不要再施行在别人身上了。君子应遵循的道有四,我孔丘连其中之一也没能做到。要求儿子侍奉父亲应做到的,我没能做到;要求臣下侍奉君主应做到的,我没能做到;要求弟弟侍奉兄长应做到的,我没能做到;要求对待朋友应先给予,我没能做到。平常道德的施行,日常言语的谨慎,有做不到的地方,不敢不自我鞭策;有做多了的地方,不敢走向极端。言语要对照行动,行动要对照言语。如果这样,君子哪能不忠厚诚实呢?”

第十三章　君子素其位而行

君子素其位而行[①],不愿乎其外[②]。素富贵,行乎富贵;素贫贱,行乎贫贱;素夷狄,行乎夷狄;素患难,行乎患难。君子无入而不自得焉!

在上位不陵下[③],在下位不援上[④];正己而不求于人,则无怨;上不怨天,下不尤人[⑤],故君子居易以俟命[⑥],小人行险以徼幸[7]。子曰:“射有似乎君子,失诸正鹄[8],反求诸其身。”

[注释]

①素其位:根据自己的实际处境。素,本是未染的丝织品,如绢之类。因其原色为白,未着色彩,保留着本质,故引申为质,实质、原本、实际。空,也是由此引申而来。此处可解释为“实际”。位,地位,处境。

②愿:倾慕。

③陵:侵侮。通“凌”。

④援:攀附。

⑤尤:责怪,归咎。

⑥居易:安于平易。　俟(sì 四)命:等待天命。俟,等待。

⑦徼:通“侥”。

⑧鹄(gǔ 古):箭靶的中心。《礼·射义》:“故射者各射己之鹄。”

[译文]

君子根据自己的实际境遇而奉行应遵循的道义,不倾慕自身实际以外的东西。实际处境富贵,就奉行富贵者应遵循的道义;实际处境贫贱,就奉行贫贱者应遵循的道义;实际处境于夷狄,就奉行夷狄应遵循的道义;实际处境在患难之中,就奉行患难者应遵循的道义。君子不论处在什么境遇下都能遵循道义,而无不安然自得。

在上位不侵侮在下位的人,在下位不攀附在上位的人;端正自己而不苛求别人,就没有怨恨;上不抱怨天,下不忌恨人,所以君子安于平易而等待天命的安排,小人通过危险的行为妄求偶然的幸运。孔子说:“射箭有些像君子行事,没有射中靶心,反过来检讨自己哪里没有做好。”

［疑难］

〇君子素其位而行

郑玄《注》：“傃，皆读为‘素’。不愿乎其外，谓思不出其位也。自得谓所乡（向），不失其道。”孔颖达《疏》：“素，乡也。乡其所居之位，而行其所行之事，不愿行在位外之事。”

朱熹《中庸章句》注：“素，犹见（现）在也。言君子但因见在所居之位，而为其所当为，无慕乎其外之心也。”

郑《注》以“傃”为素，又以“乡（向）”释素。孔《疏》：“乡其所居之位，而行其所行之事。”虽然接近本义，但仍难免牵强。

朱《注》释素为“见在”，虽然有本义的成分，但有未尽之处，且无出处可寻。

素，《说文》：“白致缯（zēng 增）也。”《注》：“缯之白而细者也。致者，今之‘緻’（zhì 致）字。”“故凡物之质，曰素。……以质未有文也。”素，是白色的緻缯。缯，是丝织物的总称，古谓之帛，汉谓之缯。緻，是绢帛一类的丝织品，以质地细密而称。简言之，素，是质地细密的白色丝织品。因其未经文采染色，故称作“质”。由质而引申出本质、实质，原本、实际等。当今常用的“素质”一词，是将“素”与“质”连在了一起，仍然是以素言质。故本句中的“素”，是由“质”而引申出的“原本”“实际”。本句应解作，君子根据自己的实际处境奉行应遵循的道义。

第十四章　行远必自迩

君子之道，辟如行远必自迩[1]，辟如登高必自卑。《诗》曰：

“妻子好合，如鼓瑟琴；兄弟既翕，和乐且耽。宜尔室家，乐尔妻帑[②]。”子曰：“父母其顺矣乎[③]！”

[注释]

①辟（pì 屁）：比喻，比方。通“譬”。

②妻子好合，如鼓瑟琴：见《诗·小雅·常棣（dì 帝）》。意思是，妻子与丈夫恩恩爱爱，就像弹奏琴瑟那样和谐悠扬；哥哥与弟弟同心同德，就会沉浸在快乐之中不能自拔。平安和睦的家庭，妻子儿女都快乐。 翕（xī 希），合，聚。 耽（dān 丹），沉溺。 帑（nú 奴），儿子。也指儿女。同“孥”。

③顺：和顺。此处可解作舒畅。

[译文]

君子应遵循的道，好比走远一定要从近处开始，好比登高一定要从低处起步。《诗》说：“妻子与丈夫互敬互爱，就像弹奏琴瑟那样和谐悠扬；哥哥与弟弟同心同德，就会沉浸在快乐之中不能自拔。平安和睦的家庭，妻子儿女都快乐。”孔子说：“这样，父母的心情多舒畅啊！”

第十五章 鬼神之为德

子曰：“鬼神之为德[①]，其盛矣乎！视之而弗见，听之而弗闻，体物而不可遗[②]。使天下之人，齐明盛服[③]，以承祭祀。洋洋乎如在其上[④]，如在其左右。《诗》曰：‘神之格思，不可度思，矧可射思⑤。'夫微之显,诚之不可掩⑥,如此夫!"

[注释]

①鬼神:迷信称人死魂灵为鬼,天地万物不可知的主宰为神。

②体物:包容万物。

③齐(zhāi)明:斋戒严整。齐,斋戒。通"斋"。

④洋洋:美盛貌。

⑤神之格思,不可度思,矧(shěn 沈)可射(yì 译)思:见《诗·大雅·抑》。意思是,神灵的降临,不可揣测,况且怎么能厌弃呢?格,来,至。思,语气助词,用于句首或句末。度,揣测。矧,况且。射,厌,厌弃。通"斁(yì 译)"。

⑥诚:真,确实。 掩:《十三经注疏》本作"揜"。揜通"掩"。

[译文]

孔子说:"鬼神具有的功德,真是太盛大了!看它看不见,听它听不到,包容万物而不得有任何遗漏。使天下的人,斋戒沐浴,穿着严整,虔诚祭祀。洋洋啊!犹如在人们的上方,犹如在人们的身旁。《诗》说:'神灵的降临,不可揣测,况且怎么能厌弃。'隐微的彰显,实在不可掩盖,真是这样啊!"

第十六章　舜其大孝也与

子曰:"舜其大孝也与!德为圣人,尊为天子,富有四海之内；宗庙飨之[①]，子孙保之。故大德，必得其位，必得其禄，必得其名，必得其寿。故天之生物，必因其材而笃焉[②]，故栽者培之，倾者覆之。《诗》曰：'嘉乐君子，宪宪令德。宜民宜人，受禄于天。保佑命之，自天申之[③]。'故大德者必受命。"

［注释］

①宗庙：古代天子、诸侯祭祀祖先的处所。 飨（xiǎng 响）：合祭，享有。

②笃（dǔ 堵）：厚实。使动用法，使它厚实。

③嘉乐君子，宪宪令德：见《诗·大雅·假乐》。假，"嘉"的假借字。嘉乐（lè），嘉美喜乐。宪宪，光盛、高尚貌。又作"显显"。显、宪双声通假。令德，美德。令，善，美好。本句的意思是，嘉美快乐的君子，高尚的品德四方显扬。能用贤良，能安众人，从上天承受了福禄。应该保佑，应该任用，这是上天的旨意。

［译文］

孔子说："舜真是大孝啊！他的道德达到圣人的境界，他的尊贵居有天子的地位，他拥有四海之内的财富。在宗庙里享受祭祀，子子孙孙保持不断。所以，有大德行的人，必然得到应有的地位，必然得到应有的俸禄，必然得到应有的名声，必然得到应有的寿命。所以，上天造就的万物，一定会根据它的材质去使它厚实。可树之材，就去培养它；倒下的，也不勉强扶起来。《诗》说：'嘉美快乐的君子，高尚的品德四方显扬。能用贤良，能安众人，从上天承受了福禄。应该保佑，应该任用，这是上天的旨意。'所以，有大德行的人，必然承受天命。"

第十七章　无忧者

子曰："无忧者，其惟文王乎[①]！以王季为父[②]，以武王为子[③]；父作之，子述之。武王缵大王、王季、文王之绪[④]，壹戎衣而有天下[⑤]，身不失天下之显名；尊为天子，富有四海之内；宗庙飨之，子孙保之。武王末受命，周公成文武之德[⑥]，追王大王、王季，上祀先公以天子之礼。斯礼也，达乎诸侯、大夫，及士、庶人。父为大夫，子为士，葬以大夫，祭以士。父为士，子为大夫，葬以士，祭以大夫。期之丧[⑦]，达乎大夫；三年之丧，达乎天子；父母之丧，无贵贱，一也。"

［注释］

①文王：即周文王。姬姓，名昌。殷时诸侯，居于岐山之下。敬老慈幼，礼贤下士，受到诸侯的拥护。曾被纣囚于羑（yǒu 友）里（今河南汤阴北），后获释。为西方诸侯之长，称西伯。迁都于丰（今陕西西安西南沣（fēng 丰）水西岸）。其子武王起兵伐纣，灭商，建立周王朝。

②王季：周太王古公亶（dàn 旦）父的末子，文王父，名季历。其兄太伯虞仲知古公欲立季历以传位文王，遂逃往荆蛮。古公卒，季立为公。季卒，文王即位。其后文王子武王灭商，追尊古公为太王，公季为王季。

③武王：即周武王。姬姓，名发。商纣暴虐无道，遂继承其父文王的遗志，联合庸、蜀、羌、髳（máo 毛）、微、卢、彭、濮等族，率军东攻。

牧野(今河南新乡市北)之战,取得大胜。遂灭商,建立周王朝,分封诸侯,建都于镐(hào 浩,今陕西西安西南沣水东岸)。

④缵(zuǎn 纂):继承。　大(tài 太)王:指周文王姬昌的祖父古公亶父。大,通“太”。古人太字多不加点,如大极、大初、大学之类。后人加点,以别小大之大。　绪:世业,功绩。

⑤壹戎衣:一次征伐。戎衣,军服。《书·武成》:“一戎衣,天下定。”这里应是以戎衣代指征伐。有的注衣为“殷”,本注不取此说。

⑥周公:姬姓,名旦,亦称叔旦。周文王之子,武王之弟。因采邑在周(今陕西岐山北),称为周公。辅助武王灭纣,建立周王朝。受封于鲁。武王死,成王年幼,由他摄政。其兄弟管叔、蔡叔、霍叔等人不服,联合殷的后代武庚和东方夷族反叛。他出师东征,平定反叛,广封诸侯,并营建洛邑(今河南洛阳)作为东都。相传他制作礼乐,建立典章制度,主张明德慎罚。

⑦期(jī 机)之丧:一年制的丧礼。期,一周年,一整月,或一昼夜。同“朞”。这里指一周年,是丧服制度中期服的简称。

[译文]

孔子说:“没有什么忧虑的人,或许只有文王吧!他有王季那样的父亲,武王那样的儿子;父亲为他开创基业,儿子继承他的遗愿。武王继承太王、王季、文王世代创立的基业,一次征伐而获得天下,自己没有失去显赫天下的名声。尊贵的地位达到天子,拥有四海之内的财富。在宗庙里享受祭祀,子子孙孙持续不断。武王晚受天命,周公完成了文王、武王的德业,追尊王号于太王、王季,用天子的礼制祭祀先祖。这种礼制,通行于诸侯、大夫,以及士、庶人。父亲是大夫,儿子是士,父亲的丧礼按大夫的礼制,祭祀用士的礼制;父亲是士,儿子是大夫,父亲的丧礼按士的礼制,祭祀用大夫的礼制。一年制的丧礼,适用于大夫;三年制的丧礼,适用于天子;父母的丧礼,不分贵贱,都是一样的。”

第十八章　武王周公其达孝矣乎

子曰:“武王、周公其达孝矣乎!夫孝者,善继人之志,善述人之事者也。春秋,修其祖庙,陈其宗器,设其裳衣,荐其时食①。

“宗庙之礼,所以序昭穆也②。序爵,所以辨贵贱也;序事,所以辨贤也;旅酬③,下为上,所以逮贱也④;燕毛⑤,所以序齿也。践其位,行其礼,奏其乐;敬其所尊,爱其所亲;事死如事生,事亡如事存,孝之至也。

“郊社之礼⑥,所以事上帝也⑦。宗庙之礼,所以祀乎其先也。明乎郊社之礼,禘尝之义⑧,治国其如示诸掌乎!”

[注释]

①荐其时食:聚集上好的祭品。荐,聚集。时食,可作两解:一是时令食物;二是上好食物。时,可解作“时令”;也可解作“善”。

②序昭穆:按次第排列祖先的神位。序,按次第排列。昭穆,古代宗法制度,宗庙或墓地的辈次排序,以始祖居中。二、四、六世位于始祖的左方,称昭;三、五、七世位于始祖的右方,称穆。以此分别宗族内部的长幼、亲疏和远近。

③旅酬:古代祭祀完毕宴饮,举杯酬宾,宾交错互答,谓之旅酬。

旅，依次。酬，劝酒，主答客。主酌以敬宾曰献，宾还答曰酢（zuò 坐），主复答敬曰酬。

④逮贱：恩惠及于卑贱的人。逮，及。

⑤燕毛：祭祀后宴饮，以须发黑白定座次，年长者居上位。燕，宴饮。

⑥郊社：祭天地。周代冬至祭天称郊，夏至祭地称社。

⑦上帝：天帝，天神。

⑧禘（dì 帝）尝：天子诸侯的宗庙之祭。春曰礿（yào 耀），夏曰禘，秋曰尝，冬曰烝（zhēng 蒸）。

［**译文**］

孔子说："武王、周公都是最孝的人啊！所谓孝，是善于继承先人的遗志，善于完成先人开创的基业。春秋二季，修整祖庙，陈列礼器、乐器，设置祭祀盛服，聚集上好的供品。

"宗庙的祭礼，用来排列祖先的长幼先后次序。按序排列爵位，用来辨别贵贱；按序排列职事，用来辨别贤愚；祭祀完毕宴饮，主人先举杯敬酒，是为了让祖宗的恩泽及于低下卑贱的人；以须发黑白定座次，是为了尊重年长者。庄重地站在神位之前，躬行祭祀的大礼，演奏祭祀的音乐；尊敬应当尊敬的，爱抚应当爱抚的；侍奉死了的，如同侍奉活着的；侍奉外出的，如同侍奉在家的，这是孝的最高表现。

"祭天祭地的礼仪，是用来祭祀天帝的。宗庙的礼仪，是用来祭祀祖先的。知晓了祭天祭地的礼仪，宗庙春秋四时祭祀的意义，治理国家就如把小物件置于手掌中一样。"

［**疑难**］

○旅酬，下为上，所以逮贱也

郑玄《注》:“旅酬下为上者,谓若特牲馈食之礼,宾弟子、兄弟之子,各举觯(zhì 至,又读 zhī 支。古代饮酒器)于其长也。逮贱者,宗庙之中以有事为荣也。”孔颖达《疏》:“旅,众也。逮,及也。谓祭末饮酒之时,使一人举觯之后,至旅酬之时,使卑者二人各举觯于其长者,卑下者先饮,是下者为上,贱人在先,是恩意先及于贱者,故云所以逮贱也。”

朱熹《中庸章句》注曰:“旅,众也。酬,导饮也。旅酬之礼,宾弟子、兄弟之子,各举觯于其长而众相酬。盖宗庙之中,以有事为荣。故逮及贱者,使亦得以申其敬也。”

旅酬,是祭祀完毕宴饮,宾主依次劝酒。旅,是依次。酬,是劝酒,主答客。下为上,是把在下位的视作在上位的。此“为”,是“作为”“当作”,而不是“给”。这个“下”,是参加祭祀的晚辈、弟子及地位低下的族人或宾客;这个“上”,是主祭、主持祭礼的宗长。祭祀完毕宴饮,“上”先举杯敬酒,让“下”先饮;或将祭祀后的祭品、祭酒,作为祖先的恩赐,让“下”先饮用、品尝。这时,“下”在先,是“上”对“下”的慈爱,“下”被敬,故曰“下为上”。这种礼仪,将祖先的恩泽、主人的慈爱先给予了“下”,也就是“所以逮贱也。”即恩泽、慈爱及于在下位的晚辈、弟子、族人及宾客。

郑《注》、孔《疏》、朱《注》基本相同。下为上,都注为“宾弟子、兄弟之子,各举觯于其长”。宾弟子、兄弟之子为“下”,其长为“上”,是下为上敬酒。逮贱,注为“宗庙之中以有事为荣”。均欠妥。下为上敬酒,参与祭祀活动,都不值得特别称道。孔《疏》,在解释了郑《注》之后,说“卑下者先饮,是下者为上,贱人在先,是恩意先及于贱者”。这与本义有些接近。不过,他仍然是以宾弟子、兄弟之子敬其长为前提,只是又增加了个敬后先饮的条件。

“旅酬，下为上，所以逮贱也”的根本意义，在于上敬祖先，下慈子孙，推及宾客及卑贱，而不是刻板固守高高在上的森严等级。

第十九章　哀公问政

哀公问政[①]。子曰：“文、武之政，布在方策[②]。其人存，则其政举；其人亡，则其政息。人道敏政[③]，地道敏树[④]。夫政也者，蒲卢也[⑤]。故为政在人，取人以身，修身以道，修道以仁。

“仁者，人也，亲亲为大；义者，宜也，尊贤为大。亲亲之杀[⑥]，尊贤之等，礼所生也。

“在下位不获乎上，民不可得而治矣。故君子不可以不修身。思修身，不可以不事亲；思事亲，不可以不知人；思知人，不可以不知天。

“天下之达道五[⑦]，所以行之者三。曰：君臣也，父子也，夫妇也，昆弟也，朋友之交也。五者，天下之达道也。知、仁、勇三者，天下之达德也。所以行之者，一也。或生而知之，或学而知之，或困而知之，及其知之，　也。或安而行之，或利而行之，或勉强而行之，及其成功，一也。”

子曰：“好学近乎知，力行近乎仁，知耻近乎勇。知斯三者，则知所以修身；知所以修身，则知所以治人；知所以治人，则知所以治天下国家矣。

“凡为天下国家有九经[⑧]，曰：修身也，尊贤也，亲亲也，敬大臣也，体群臣也，子庶民也，来百工也，柔远人也，怀诸侯也[⑨]。修身，则道立；尊贤，则不惑；亲亲，则诸父昆弟不怨；敬大臣，则不眩[10]；体群臣，则士之报礼重；子庶民，则百姓劝；来百工，则财用足；柔远人，则四方归之；怀诸侯，则天下畏之。

“齐明盛服，非礼不动，所以修身也；去谗远色，贱货而贵德，所以劝贤也；尊其位，重其禄，同其好恶，所以劝亲亲也；官盛任使[11]，所以劝大臣也；忠信重禄，所以劝士也；时使薄敛，所以劝百姓也；日省月试[12]，既廪称事[13]，所以劝百工也；送往迎来，嘉善而矜不能[14]，所以柔远人也；继绝世，举废国，治乱持危，朝聘以时[15]，厚往而薄来，所以怀诸侯也。凡为天下国家有九经，所以行之者，一也。

“凡事豫则立[16]，不豫则废。言前定，则不跲[17]；事前定，则不困；行前定，则不疚[18]；道前定，则不穷。

“在下位，不获乎上[19]，民不可得而治矣。获乎上有道，不信乎朋友，不获乎上矣。信乎朋友有道，不顺乎亲，不信乎朋友矣。顺乎亲有道，反诸身不诚[20]，不顺乎亲矣。诚身有道，不明乎善，不诚乎身矣。

“诚者，天之道也；诚之者，人之道也。诚者，不勉而中，不思而得，从容中道，圣人也。诚之者，择善而固执之者也。博学之，审问之，慎思之，明辨之，笃行之[21]。

“有弗学，学之弗能，弗措也[22]；有弗问，问之弗知，弗措也；有弗思，思之弗得，弗措也；有弗辨，辨之弗明，弗措也；有弗行，行之弗笃，弗措也。人一能之，己百之；人十能之，己千之。果能此道矣，虽愚必明，虽柔必强。”

[注释]

①哀公:即鲁哀公。姬姓,名蒋,一作将。定公之子,母定姒。是《春秋》十二公的最后一位。公元前494~前468年在位。与孔子同时。因三桓专权,被迫流亡而死于外。

②方策:指典籍。同"方册"。方,古代用作书写的木板,通版为方。策,古代用以书写的狭长竹片称简,合数简穿联为策。

③人道敏政:管理众人的法则是勤勉于政事。敏,勤勉。

④树:种,植。

⑤蒲卢:宋代沈括《梦溪笔谈·辨证》谓蒲卢即蒲苇。蒲,水草名。即香蒲。可食用,叶供编织,可以做席、扇、篓等用具。此处或是把施政喻作对蒲草的加工。匠人勤勉精细,则可把蒲草加工成各种精美的用具;否则,就仅是一水草罢了。

⑥杀(shài 晒):等差。

⑦达道:人所共由之道。达,常,通行。

⑧九经:九条法则。经,常道。常行的义理、法则、原则等。

⑨怀:怀柔,安抚。

⑩眩(xuàn 绚):迷惑,迷乱。

⑪官盛任使:官属人才济济,足以任命使用。

⑫日省月试:经常检查考核。

⑬既廪(xì lǐn 细凛):官府发给的粮米。既,颁发。通"饩(xì)"。也可解作生食。廪,粮食。

⑭矜(jīn 今):怜悯,同情。

⑮朝(cháo 潮)聘:古代诸侯定期见天子。《礼·王制》:"诸侯之于天子也,比年一小聘,三年一大聘,五年一朝。"春秋时期,政在霸主,

诸侯朝见霸主,也称朝聘。

⑯豫:事前做好准备。

⑰跲(jiá 颊):绊倒。此处之意为驳倒。

⑱疚(jiù 救):愧疚,内心痛苦。

⑲在下位不获乎上:此段文字,与《孟子·离娄上》第十二章类似。该章是这样说的,“孟子曰:‘居下位而不获于上,民不可得而治也。获于上有道,不信于友,弗获于上矣。信于友有道,事亲弗悦,弗信于友矣。悦亲有道,反身不诚,不悦于亲矣。诚身有道,不明乎善,不诚其身矣。是故诚者,天之道也;思诚者,人之道也。至诚而不动者,未之有也;不诚,未有能动者也。’”本章所载与《孟子》所载相比,虽然内容差不多,但逻辑的严密,文字的优美,说理的透彻,本章所载都不如《孟子》所载。本章所载应当是学《孟子》者所述。

⑳诚:真诚,真实;不虚,不假。既是自然的法则,又是做人的法则。

㉑笃(dǔ 堵)行:忠实地实行。

㉒措:弃置,放弃。通“错”。也作“厝”。

[译文]

鲁哀公向孔子请教如何治理国政。

孔子说:“周文王、周武王的政令记载在木版和竹简上。当有继承他们遗志的君主、大臣在位,他们的美政就能施行;当没有继承他们遗志的君主、大臣在位,他们的美政就会废止。管理众人的法则是勤勉于政事,管理土地的法则是勤勉于种植。治理国政,就像工匠加工蒲苇一样。精工细作,它就成为各种用具;懒于制作,它就是一种普通的水草。所以,治理国政关键在于获得人才,获得人才要看自身的修养,自身的修养要用中道，修养中道要用仁爱。

“仁，就是做人的道理，亲爱自己的父母是根本。义，是适宜的意思，尊重贤能是根本。亲爱亲人的远近亲疏，尊重贤能的差别等级，礼由此而产生。

“在下位的得不到在上位的信任，就得不到治理众人之事的机会。所以君子不可以不修养自身。想要修养好自身，不可以不侍奉好父母；想要侍奉好父母，不可以不知道做人的道理；想要知道做人的道理，不可以不知道上天的法则。

“天下通行的常道有五种，用来实行的美德有三种。这就是，君臣之道、父子之道、夫妇之道、兄弟之道、朋友的交往。这五种，是天下通行的常道。智、仁、勇，这三种，是天下通行的美德。这些常道、美德通行于天下，都是一样的。有的人是天生的就懂得常道，有的人是通过学习才懂得常道，有的人是经过磨难才懂得了常道。等到他们都懂得了，就一样了。有的人是安然地奉行常道，有的人是通过引导奉行常道，有的人是通过勉励、强迫去奉行常道。等到他们都成功了，就一样了。”

孔子说：“爱好学习就接近智慧了，努力奉行就接近仁爱了，知道羞耻就接近勇敢了。懂得了这三条，就懂得了怎么去修身；懂得了怎么去修身，就懂得了怎么去治理百姓；懂得了怎么治理百姓，就懂得了怎么治理天下国家。

“凡是治理天下国家的，都应遵循九条法则。这就是，修养身心，尊重贤能，亲爱亲人，恭敬大臣，体恤百官，爱民如子，招集百工，安抚边民，怀柔诸侯。修养身心，就能树立中道；尊重贤能，就不会迷惑；亲爱亲人，就不会招致叔伯兄弟的抱怨；恭敬大臣，就不会遇事慌乱；体恤百官，就会得到士人的重礼相报；爱民如子，就会百姓向善；招集百工，就会财用充足；安抚边民，就会四方归服；怀柔诸侯，就会天下敬畏。

“斋戒严整，服饰庄重，不合礼仪的事不做，这是用来修养身心的；摒弃谗言，远离美色，看轻财货而重视德行，这是用来劝勉贤能的；尊重族人的爵位，提高他们的俸禄，与他们同好同恶，这是用来劝勉亲近自己亲人的；官员人才济济，足以任命使用，这是用来劝勉大臣的；以诚相待，深信不疑，俸禄优厚，这是用来劝勉士人的；使役适时，轻敛薄赋，这是用来劝勉百姓的；每天检查，每月考核，按照绩效付给粮米，这是用来劝勉百工的；迎来送往，表彰优异，怜悯危弱，这是用来安抚边民的；让断绝了的世系延续下来，让灭亡了的封国恢复起来，治理混乱，扶持危难，定时朝聘，赏赐厚重而纳贡轻薄，这是用来怀柔诸侯的。凡是治理天下国家，都离不开这九条法则，施行它的办法，只有一个，那就是真诚。

“凡是做事预先做好准备，就能成功；不做准备，就会失败。说话之前深思熟虑，就不会被驳倒；谋事之前规划完备，就不会陷入困境；行动之前计划周密，就不会内心愧疚；选定道路之前考察无误，就不会穷途而返。

“在下位，如果不能得到在上位的信任，就不能得到治理民众的机会。获得在上位的信任有规律可循，不能得到朋友的信任，就不能获得在上位的信任。取得朋友的信任有规律可循，不孝顺父母，就不能得到朋友的信任。孝顺父母有规律可循，反过来检讨自己缺乏诚意，就不能孝顺父母。做到诚心诚意有规律可循，不懂得什么是善，就不能做到诚心诚意。

“诚，是上天的法则；通过修养达到诚，是做人的法则。先天具备的诚，不需要勉强就可以达到，不需要思考就能懂得。从容地保持中道，这是圣人。通过修养而达到的诚，是选择了善道而能坚定地奉行。广博地学习，详尽地询问，谨慎地思考，鲜明地辨识，切实地施行。

“有没有学过的，学了还没有掌握，就不放弃；有没有问过的，问了还没有听明白，就不放弃；有没有思考过的，思考了还没有想通，就不放弃；有没有辨别清楚的，辨别了还不透彻，就不放弃；有没有施行的，施行了还没有落到实处，就不放弃。别人一次能做到，自己就做一百次；别人十次能做到，自己就做一千次。果真能奉行这样的准则，即便愚笨，也一定能变得聪明；即便柔弱，也能变得坚强。”

第二十章　自诚明

自诚明，谓之性；自明诚，谓之教。诚则明矣，明则诚矣。

［译文］

由真诚达到明智，这是天生的本性；由明智达到真诚，这是教化的结果。真诚就会明智，明智就会真诚。

第二十一章　唯天下至诚

唯天下至诚，为能尽其性①；能尽其性，则能尽人之性；能尽人之性，则能尽物之性；能尽物之性，则可以赞天地之化育②；可以赞天地之化育，则可以与天地参矣③。

[注释]

①尽:竭,完。引申为达于极限。《庄子·齐物论》:“至矣尽矣,不可以加矣。”

②赞天地之化育:辅助天地演化繁育万物。赞,辅佐,帮助。化育,自然生成和繁育万物。

③与天地参(sān 三):与天地并立为三。参,通“三”。《易·说卦》:“参天两地而倚数。”引申为人之德可与天地相比。

[译文]

只有天下最真诚的人,才能把他的本性扩充到极至。能把自己的本性扩充到极至,就能把众人的本性扩充到极至;能把众人的本性扩充到极至,就能把万物的本性扩充到极至;能把万物的本性扩充到极至,就可以辅助天地演化繁育;能够辅助天地演化繁育,就可以与天地并立为三。

第二十二章　其次致曲

其次致曲[1],曲能有诚。诚则形,形则著[2];著则明,明则动;动则变,变则化。唯天下至诚为能化。

[注释]

①致曲:致力于本性局部的扩充。曲,局部,偏僻之处。司马迁

《报任少卿书》:"仆少负不羁之行,长无乡曲之誉。"

②著:明显,显露。

[译文]

比至诚次一等的人,致力于本性局部的扩充。致力于本性局部的扩充,也能有真诚体现。只要真诚,就会有所表现;有所表现,就会显露;有所显露,就会产生影响;产生影响,就会感动别人;感动别人,就会引发改变;引发改变,就会化育万物。只有天下极至的真诚才能化育万物。

第二十三章 至诚之道

至诚之道,可以前知。国家将兴,必有祯祥[①];国家将亡,必有妖孽。见乎蓍龟[②],动乎四体。祸福将至,善,必先知之;不善,必先知之。故至诚如神。

[注释]

①祯(zhēn 真)祥:吉祥的征兆。祯,吉祥。

②蓍(shī 诗)龟:谓卜筮(shì 士)。蓍草和龟,皆为古时卜筮用具,筮用蓍草,卜用龟甲。

[译文]

至诚的道,可以预知未来。国家将要兴盛,必定有吉祥的征兆;国家将要衰亡,必定有妖孽出现。这些征兆呈现在卜筮的蓍草和龟甲上,动作在人们的手足四肢上。祸福将要到来,是吉祥,一定事先知道;是凶险,也一定事先知道,所以极致的真诚好像神明一样。

第二十四章　诚者自成也

诚者,自成也;而道,自道也。诚者,物之终始;不诚,无物。是故君子诚之为贵。诚者,非自成己而已也,所以成物也。成己,仁也;成物,知也。性之德也,合外内之道也,故时措之宜也①。

［注释］

①时措之宜:时时施行都适宜。措,施行。宜,适宜。

［译文］

诚,是自我成全;道,是自我引导。诚,贯穿于万物发展从始至终的全过程;不诚,就没有万物。所以君子把追求诚作为最宝贵的德行。诚,并不是自己成全自己就算完成了,而是用来成全万物的。成全自己,是仁;成全万物,是智。它是本性扩充的品德,是内在修养与外在天地演化融合为一体的中道,所以任何时候施行都是适宜的。

第二十五章　至诚无息

故至诚无息。不息则久,久则征①,征则悠远,悠远则博厚,博厚则高明。博厚,所以载物也;高明,所以覆物也;悠久,所以成物也。博厚配地,高明配天,悠久无疆。如此者,不见而章[②],不动而变,无为而成。

天地之道,可一言而尽也。其为物不贰,则其生物不测。天地之道,博也,厚也,高也,明也,悠也,久也。今夫天,斯昭昭之多[③],及其无穷也,日月星辰系焉,万物覆焉。今夫地,一撮土之多,及其广厚,载华岳而不重[④],振河海而不泄[⑤],万物载焉。今夫山,一卷石之多[⑥],及其广大,草木生之,禽兽居之,宝藏兴焉。今夫水,一勺之多,及其不测,鼋鼍蛟龙鱼鳖生焉[⑦],货财殖焉。

《诗》曰:"维天之命,於穆不已[⑧]。"盖曰天之所以为天也。"於乎不显,文王之德之纯[⑨]!"盖曰文王之所以为文也,纯亦不已。

[注释]

①征:验证。

②不见(xiàn 现)而章:不表现也能彰显。见,"现"的本字。章,显。

③昭昭:明亮。

④华岳:高大的山。

⑤振:容纳。　泄:漏。

⑥卷(quán 全):微小。通"拳"。一卷石,指一块像拳头那么大小的石头。

⑦鼋(yuán 元):大鳖。　鼍(tuó 驼):扬子鳄。

⑧维天之命,於(wū 乌)穆不已:见《诗·周颂·维天之命》。意

思是，上天的运行，多么壮美啊！永不停息。於穆，赞叹词。於，与呜呼的“呜”字通用，是赞叹的口气。穆，是壮美的意思。

⑨於乎不显，文王之德之纯：见《诗·周颂·维天之命》，紧接上述两句。意思是，啊！不显不露，文王的道德多么纯正。於乎，同“呜呼”，是赞叹的口气。

[译文]

所以至诚没有止息。没有止息，就能长久，长久就能经得起验证，经得起验证就能悠远，悠远就能博大深厚，博大深厚就能崇高明亮。博大深厚，用来承载万物；崇高明亮，用来覆盖万物；悠久长远，用来造化万物。博大深厚，与地相配；崇高明亮，与天相配；悠久，没有边际。这样，不表现也能彰显，不动作也能变化，不作为也有成就。

天地之道，可以用一句话来概括。它生息万物专一不贰，则它化育万物不可预测。天地之道，博大啊，深厚啊，崇高啊，明亮啊，无穷啊，长久啊。当今的天，由一缕光亮而开始聚集，达到它的无穷无尽，日月星辰都系在它的上面，万物都被它覆盖。当今的地，由一撮土壤而开始堆积，达到它的宽广与深厚，承载高岳大山也不觉得沉重，容纳江河湖海也一滴不漏，万物都承载在它身上。当今的山，由一拳大的石块而开始积累，达到它的连绵高大，草木在它上面生长，禽兽在它上面栖息，宝藏在它上面生成。当今的水，由一勺而开始汇集，达到它的浩渺难测，鼋鼍蛟龙鱼鳖在它里面繁育，各种财富货物在它里面生殖。

《诗》说：“上天的运行，多么壮美啊，永不止息！”这是说天之所以为天的道理吧。“啊！不显不露，文王的道德多么纯正！”这是说文王之所以被尊为“文”的原因吧，是他纯正的德行永不止息。

第二十六章　大哉圣人之道

大哉！圣人之道。洋洋乎发育万物①，峻极于天。优优大哉②！礼仪三百③，威仪三千④，待其人然后行。故曰：苟不至德，至道不凝焉。故君子尊德性而道问学，致广大而尽精微，极高明而道中庸。温故而知新，敦厚以崇礼。

是故居上不骄，为下不倍⑤。国有道，其言足以兴；国无道，其默足以容。《诗》曰："既明且哲，以保其身。"⑥其此之谓与？

［注释］

①洋洋：盛大貌。《庄子·天地》："夫道，覆载万物者也，洋洋乎大哉！"

②优优：和适，宽裕。《诗·商颂·长发》："敷政优优，百禄是遒。"

③礼仪：行礼之仪式。

④威仪：礼仪细节。

⑤倍：背弃。通"背"。

⑥既明且哲，以保其身：见《诗·大雅·烝民》。意思是，既明白又智慧，这能用来保全他的自身。哲，明智。

［译文］

伟大啊！圣人之道。盛美啊！造化繁育万物，崇高达于上天。宽和盛大啊！礼仪三百条，威仪三千条，等待着能通晓的人去施行。所以说：如果没有至高无上的德行，那至高无上的道就不能形成。因此，君子尊崇道德而讲求学问，达到广博而且穷尽精微，极至高明而且遵循中庸。温习学过了的知识，又掌握了新的知识。诚恳忠厚，而又崇尚礼仪。

所以，居上位而不骄纵，处下位而不背离。国家政治清明，他的主张足以被采用；国家政治昏暗，他的沉默足以保自身。《诗》说："既通达事理，又充满智慧，这能用来保全他的自身。"说的就是这个意思吧！

第二十七章　愚而好自用

子曰："愚而好自用，贱而好自专，生乎今之世，反古之道，如此者，灾及其身者也。"

非天子，不议礼，不制度，不考文。今天下，车同轨，书同文，行同伦。虽有其位，苟无其德，不敢作礼乐焉；虽有其德，苟无其位，亦不敢作礼乐焉。

子曰："吾说夏礼①，杞不足征也②。吾学殷礼③，有宋存焉④。吾学周礼⑤，今用之，吾从周。"

[注释]

①夏：朝代名。相传为禹所建立。都安邑，在今山西夏县北。

②杞（qǐ启）：古国名。相传周武王封夏禹后人东楼公于杞。后为楚所灭。地在今河南杞县。

③殷：朝代名。契封于商，至汤灭夏，因以商为国号。都亳（bó驳）。中经几次迁都，盘庚时迁殷（在今河南安阳小屯村）。周人称为大邦殷。后来或殷商互举，或殷商连称。

④宋：古国名。周武王灭商，封商纣王子武庚于旧都（今河南商丘）。成王时，武庚叛乱，被杀；又以其地封与纣之庶兄微子，号宋公，为宋国。春秋时为十二诸侯之一，至战国为齐所灭。辖地在今河南省东部及山东、江苏、安徽三省之间。

⑤周：朝代名。公元前十一世纪周武王灭商后建立。都于镐（hào号，在今陕西西安西南沣［fēng］水东岸）。周公东征后，确立宗法制，创立典章制度，并不断分封诸侯。公元前771年，申侯联合犬戎攻杀周幽王。次年周平王东迁到洛邑（今河南洛阳）。历史上称平王东迁以前为西周，以后为东周。东周时又分为春秋与战国两个时期。公元前256年为秦所灭。

［译文］

孔子说："愚昧而喜欢刚愎自用，卑贱而喜欢独断专行，生活在当今，却固守古代的法则，这样做的人，灾祸就要降临在他身上了。"

不是天子，不议定礼仪，不制作度量，不考订文字。当今天下，车轨的距离相同，书写的文字相同，行为的准则相同。虽然有相应的地位，如果没有相应的德行，不敢制定礼乐制度；虽然有相应的德行，如果没有相应的地位，也不敢制定礼乐制度。

孔子说："我喜欢夏代的礼仪，但在夏的后人杞国那里却找不到依据。我学习殷商的礼仪，它的后人宋国还有保存。我学习周代的礼仪，当今正在使用，我遵从周代的礼仪。"

第二十八章　王天下有三重焉

王天下有三重焉①，其寡过矣乎！上焉者，虽善无征；无征不信，不信民弗从。下焉者，虽善不尊；不尊不信，不信民弗从。

故君子之道，本诸身，征诸庶民，考诸三王而不缪②，建诸天地而不悖③，质诸鬼神而无疑，百世以俟圣人而不惑。质诸鬼神而无疑，知天也；百世以俟圣人而不惑④，知人也。是故君子动而世为天下道，行而世为天下法，言而世为天下则。远之则有望，近之则不厌。

《诗》曰："在彼无恶，在此无射；庶几夙夜，以永终誉⑤。"君子未有不如此，而蚤有誉于天下者也⑥。

[注释]

①王（wàng 旺）：称王，君临。　三重：三件值得重视的事情，即后面所讲的动、行、言。

②三王：夏、商、周三代的圣王。即夏禹，商汤，周文王、武王。缪（miù 谬）：乖错。通"谬"。

③悖（bèi 背）：违反，逆乱。

④俟（sì 四）：等待。

⑤在彼无恶（wù 勿），在此无射（yì 艺）；庶几夙（sù 素）夜，以永终誉：见《诗·周颂·振鹭》。意思是，在那边没有怨恨，在这边没有厌恶；几乎日夜劳作，以保永久的好名声。恶，憎恨，讨厌。射，厌。通

"致"。庶几,相近,差不多。夙夜,早晚,朝夕。夙,早。

⑥蚤:通"早"。

［译文］

称王天下,要重视三件事情,做好了,就很少有过错了。在上位的,虽然有善道,但没有得到验证;没有得到验证,就不能得到信任;不能得到信任,百姓就不会遵从。在下位的,虽然有善道,但没有尊位;没有尊位,也不能得到信任;不能得到信任,百姓也不会遵从。

所以,君子的善道,来源于自身,验证于百姓,求考到夏、商、周三代的圣王而没有谬误,树立于天地之间而没有违逆,卜问于鬼神而没有怀疑,百世之后等待圣人出现也不疑惑。卜问于鬼神而没有怀疑,是知道了天意;百世之后等待圣人出现也不疑惑,是知道了人意。所以,君子行动就世世代代为天下的向导,做事就世世代代为天下的模式,说话就世世代代为天下的准则。远离了,让人仰望;接近了,不感到厌烦。

《诗》说:"在那边没有怨恨,在这边没有厌恶;几乎日夜劳作,以保永久的好名声。"君子没有不是这样,而能早早在天下有好名声的。

［疑难］

○三重

郑玄《注》:"三重,三王之礼。"朱熹《注》:"吕氏曰:三重,谓议礼、制度、考文,惟天子得以行之,则国不异政,家不殊俗,而人得寡过矣。"

本章与上一章"愚而好自用"似没有密切的联系,既不是接着"非天子,不议礼,不制度,不考文"说的,也不是接着"子曰:吾说夏礼,杞不足征也。吾学殷礼,有宋存焉。吾学周礼,今用之,吾从周"说的,而是另外表述了动、行、言要慎重，要征诸庶民，考诸三王，建诸天地，质诸鬼神，万世以俟圣人。

故此三重应是动、行、言。而不是郑《注》之“三王之礼”，也不是朱《注》引“吕氏曰：三重谓议礼、制度、考文”。此动、行、言，是君子之道的具体表现，故应高度重视。

〇上焉者

郑玄《注》：“上谓君也，君虽善，善无明征，则其善不信也；下谓臣也，臣虽善，善而不尊君，则其善亦不信也。”朱熹《注》：“上焉者，谓时王以前。如夏商之礼虽善，而皆不可考。下焉者，谓圣人在下。如孔子虽善于礼，而不在尊位也。”

郑《注》“上谓君也”“下谓臣也”未离本义。只是说“臣虽善，善而不尊君，则其善亦不信也”，欠妥。此处之“善”，是善道，而不是善良。此处的“不尊”，是不尊贵，或没有尊位，而不是“不尊君”。

朱《注》“上焉者，谓时王以前，如夏商之礼虽善，而皆不可考”，欠妥。上一章孔子刚说过“吾学殷礼，有宋存焉”，怎么能说夏商之礼“皆不可考”呢？“上焉者”，也不是“谓时王以前”，而是广义的“身处上位的人”，或“在上位的国君”。“下焉者，谓圣人在下。如孔子虽善于礼，而不在尊位也。”“不在尊位”，是对的，但此“下焉者”，不仅仅是指孔子一类的圣人，而是广义的“身处下位的人”。

第二十九章　仲尼祖述尧舜

仲尼祖述尧舜[①]，宪章文武[②]，上律天时，下袭水土[③]。辟如天地之无不持载，无不覆帱[④]。辟如四时之错行[⑤]，如日月之代明。万物并育而不相害，道并行而不相悖。小德川流，大德敦化。此天地之所以为大也。

[注释]

①祖述：师法前人，加以陈说。

②宪章：效法。

③袭：合，调和。

④覆帱（dào 到）：覆盖。

⑤错行：交替运行。错，交替，更迭。

[译文]

孔子师承唐尧虞舜，效法周文王、武王，上遵循天时，下调和水土。好比天地的没有什么不能扶持承载，没有什么不去覆盖庇护。好比四时交替运行，好比日月轮流照耀光明。万物共同生存而不相互妨害，大道共同施行而不相互违背。小的德行川流不息，大的德行化育万物。这就是天地之所以伟大的道理。

第三十章　唯天下至圣

唯天下至圣，为能聪明睿知[①]，足以有临也[②]；宽裕温柔，足以有容也；发强刚毅，足以有执也[③]；齐庄中正[④]，足以有敬也；文理密察[⑤]，足以有别也。溥博渊泉[⑥]，而时出之，溥博如天，渊泉如渊。见而民莫不敬⑦,言而民莫不信,行而民莫不说⑧。是以声名洋溢乎中国⑨,施及蛮貊⑩。舟车所至,人力所通,天之所覆,地之所载,日月所照,霜露所队⑪,凡有血气者,莫不尊亲。故曰配天。

[注释]

①睿(ruì 锐)知:通达,明智。知,同“智”。

②临:统管,治理。

③执:判断,选取。

④齐(zhāi 斋)庄:斋戒严整,端庄郑重。齐,通“斋”。

⑤文理:区别等级的礼文仪节。《荀子·礼论》:“文理繁,情用省,是礼之隆也;文理省,情用繁,是礼之杀也。”

⑥溥(pǔ 普)博:周遍广远。溥,广大,普遍。《孟子·万章》《荀子·君子》引《诗》,溥,皆作“普”。

⑦见(xiàn 现):“现”的本字。显露,出现。

⑧说(yuè 悦):喜悦。通“悦”。

⑨中国:上古时代,我国华夏族建国于黄河流域一带,以为居天下之中,故称中国,而把周围我国其它地区称为四方。后成为我国的专称。

⑩蛮貊(mò 末):泛指少数民族。貊,古称居于东北地区的民族。

⑪队(zhuì 坠):同“坠”。降落。

[译文]

唯有天下最圣明的人,才能耳聪目明,通达睿智,足以治理天下；心胸宽广，温和柔顺，足以包容万物；奋发勇为，坚强刚毅，足以决断大事；整洁端庄，不偏不倚，足以恭敬端肃；礼文细密，仪节详察，足以区别尊卑。好比广大深远的泉水，时时奔涌不息。周遍广远，犹如上天；源远流长，犹如深渊。出现了，民众没有不敬仰；说话，民众没有不相信；做事，民众没有不喜欢。因此，他的好名声洋溢于中国，又波及到偏远地区。凡是车船能通行的地方，人力能到达的地方，上天能覆盖的地方，大地能承载的地方，日月能照射的地方，霜露能降落的地方，凡是有血气的人，没有谁不尊敬亲爱。所以说可以与天媲美。

第三十一章　唯天下至诚

唯天下至诚，为能经纶天下之大经①，立天下之大本，知天地之化育。夫焉有所倚？肫肫其仁②，渊渊其渊，浩浩其天。苟不固聪明圣知达天德者，其孰能知之？

［注释］

①经纶：整理丝缕，理出丝绪为经，编丝成绳为纶，统称经纶。引申为筹划治理国家大事。

②肫（zhūn 谆）肫：恳挚貌。同“忳忳”。

［译文］

唯有天下最真诚的人，才能筹划治理天下的大纲常，树立天下的大根本,知晓天地演化繁育的大道理。难道有什么可以凭借的吗?只有恳挚的仁爱,深广如泉渊,浩瀚如苍天。如果不是固有聪明圣智通达上天德性的人,他怎么能通晓这些呢?

第三十二章　衣锦尚䌹

《诗》曰:"衣锦尚䌹①。"恶其文之著也。故君子之道,闇然而日章②;小人之道,的然而日亡③。君子之道,淡而不厌,简而文,温而理。知远之近,知风之自,知微之显,可与入德矣。

《诗》云:"潜虽伏矣,亦孔之昭④。"故君子内省不疚,无恶于志。君子所不可及者,其唯人之所不见乎⑤?

《诗》云:"相在尔室,尚不愧于屋漏⑥。"故君子不动而敬,不言而信。

《诗》曰:"奏假无言,时靡有争⑦。"是故君子不赏而民劝,不怒而民威于𫓧钺⑧。

《诗》曰:"不显惟德,百辟其刑之⑨。"是故君子笃恭而天下平。

《诗》曰:"予怀明德,不大声以色⑩。"子曰:"声色之于以化民,末也。"《诗》曰:"德輶如毛⑪。"毛犹有伦。"上天之载,无声无臭⑫。"至矣⑬。

[注释]

①衣(yì 义)锦尚䌹(jiǒng 窘):此句在今存《诗》中不见。但在

《诗·卫风·硕人》《诗·郑风·丰》中都有"衣锦褧衣"句。褧同"䌹"。此句的意思是，穿着锦绣的衣裳，外罩麻布的单装。衣，穿，用作动词。锦，有彩色花纹的丝织品。尚，加上，外加。䌹，麻布做的单层罩衣。

②闇(àn 暗)然：不明貌。　章：彰显。

③的然：鲜明的样子。的，鲜明。

④潜虽伏矣，亦孔之昭：见《诗·小雅·正月》。意思是，鱼儿虽潜深水中，依然看得很清晰。孔，副词。很，甚。昭，《诗·小雅·正月》作"炤"。炤，同"昭"。明。此处是清晰可见的意思。

⑤其：副词。表示反诘，相当于"难道"。

⑥相在尔室，尚不愧于屋漏：见《诗·大雅·抑》。意思是，观察你独处于室内，即便在最阴暗的屋漏处，也能做到无愧于心。相，看，观察。屋漏，房子的西北角。古人设床在屋的北窗旁，因西北角上开有天窗，日光由此照射入室，故称屋漏。喻不为人见之处。

⑦奏假(gé 格)无言，时靡(mǐ 米)有争：见《诗·商颂·烈祖》。意思是，奏响升堂的祭乐，一片寂静；这时，人们依次步入自己的位置，没有任何争执。奏假，奏响升堂的祭乐。假，到，至。通"格"。靡，无，没有。

⑧𫓧钺(fū yuè 夫月)：刑戮之具。𫓧，铡刀，切草之农具，也作为腰斩之刑具。钺，古兵器，状如大斧，有穿，安装长柄，用于斫杀。此处以𫓧钺指代刑罚。

⑨不显惟德，百辟其刑之：见《诗·周颂·烈文》。意思是，不自我炫耀，只注重修德，诸侯百官都会效法你。百辟，指诸侯。也泛指公卿大官。辟，天子、诸侯君主的统称。刑，效法。笃恭，笃厚恭敬。

⑩予怀明德，不大声以色：见《诗·大雅·皇矣》。意思是，我胸怀明智与道德，从不疾言与厉色。色，脸变色。

⑪德輶（yóu 由）如毛：见《诗·大雅·烝民》。意思是，道德的轻灵就像羽毛一样。輶，轻。

⑫上天之载，无声无臭（xiù 秀）：见《诗·大雅·文王》。意思是，上天的承载，没有声音，没有气味。臭，气味的总称。

⑬至：极至。

［译文］

《诗》说："穿着锦绣的衣裳，外罩麻布的单装。"那是因为不愿意让锦锈的花纹和色彩太耀眼了。所以，君子之道，隐含不露却日益彰显；小人之道，显露无遗却日益消亡。君子之道，清淡而不厌倦，简约而有文采，温和而有条理。知晓走远要从近处起步，知晓风从哪里吹来，知晓由细微才能达到显明。这样，就可以进入修养道德的境界了。

《诗》说："鱼儿潜伏在水中，依然看得很清晰。"所以，君子自我反省时不感到愧疚，不羞恶于自己的志向。君子的过人之处，难道不是只有别人看不到的地方吗？

《诗》说："看你独自在室内，即便在阴暗的屋漏处，也能做到无愧于心。"所以，君子不行动也能得到尊敬，不说话也能得到信任。

《诗》说："奏起升堂的祭乐，一片寂静。这时，与祭者依次步入自己的位置，没有任何争执。"所以，君子虽然没有奖赏，但百姓仍然相互劝善；虽然没有发怒，但百姓仍然畏惧刑戮。

《诗》说："不自我炫耀，而只着重于自己的道德修养，那么，诸侯百官都会效法你。"所以，君子笃厚恭敬而天下太平。

《诗》说:“我胸怀明智与道德,从不疾言与厉色。”孔子说:“用疾言厉色来教化百姓,这是最低下的办法。”《诗》说:“德行的轻灵像羽毛一样。”羽毛还有纹理。《诗》还说:“上天的承载,没有声音,没有气味。”这真是极至啊!

卷二　西汉

《韩诗外传》孟母教子（三则）[①]

韩婴　撰[②]

刘培桂　译注

一、孟母断织

孟子少时[③]，诵。其母方织。孟［子］辍然中止[④]，乃复进。其母知其諠也[⑤]。呼而问之曰："何为中止？"对曰："有所失，复得。"其母引刀裂其织，以此戒之。自是之后，孟子不复諠矣。

［注释］

①《韩诗外传》：西汉韩婴撰。汉初传《诗》者，有鲁、齐、韩、毛四家。《汉书·艺文志》著录，韩婴撰《内传》四卷、《外传》六卷。南宋后仅存《外传》。此书杂引古事古语，证以《诗》句，与经义不相比附，故曰《外传》。所采内容，多与周秦诸子相出入，见于《家语》及《晏子春秋》者为多。今通行本十卷，后附清赵怀玉辑《内传》佚文。《孟母教子三则》，录自《四库全书·经部三·诗外传·卷九》。《孟母断织》《东家杀豚》同在一章，《孟子去妻》另为一章。　孟母：战国中期邹国

孟子的母亲。以善于教子为后人尊崇。其事迹见西汉韩婴撰《韩诗外传》及刘向撰《古列女传》。主要有三迁择邻、断织喻学、买肉示信等。她注重环境对孟子的影响,以断织告诫孟子勤学不辍,以身教影响孟子守信。其姓氏与籍贯不详。金孙弼《邹公坟庙之碑》记为"李氏",后又有人磨"李"为"仉"(zhǎng 掌)。唐代天宝年间,诸郡县即据诏建孟母祠,岁时致祭。元代延祐三年(1316 年),被追封为"邾国宣献夫人"。清代乾隆三年(1738 年),又被加封为"端范宣献夫人"。在孟子故里山东邹城,今有孟母三迁祠、断机堂、孟庙内孟母殿等纪念建筑,自宋代起祭祀不绝。

②韩婴:西汉时燕人。文帝时为博士,景帝时为常山王刘舜太傅。推《诗》之意,著《内传》《外传》数万言。今惟《外传》十卷行世。传《诗》与鲁人申培、齐人辕固齐名。其语虽与齐鲁间传《诗》者有异,但殊途同归。燕赵间言《诗》者多出其门。其孙韩商为汉武帝时博士。

③孟子(约公元前 372 年 ~ 前 289 年):名轲。战国中期邹国(邹国国都位于今山东邹城市东南约 12 公里)人。伟大的思想家、教育家,仅次于孔子的儒家学派创始人。孟子自幼受到良好的家庭教育。受业于子思之门人。学成后授徒讲学。周游齐、梁、宋、滕等国,以仁政、王道、安天下游说诸侯。晚年返回故里邹国,与弟子疑难答问,著《孟子》七篇。孟子继承并发展了孔子的思想学说。他的著述,以性善论为基石,以仁义礼智、孝悌忠信为主要内容,包罗万象,一以贯之。心性之说、义利之辨、王霸之争、知言养气之论,都是孔子所未言,六经所不载。从而使儒学形成了一个完整的思想体系,成为中国传统文化的源头与主流。自宋代之后,《孟子》被列为读书人必读之经书,科举考试必考之考目。孟子的思想学说,影响了一代又一代中国人,已深深地融入到中华民族的血脉之中。孟子被后世尊为"亚圣",与孔子并

称为“孔孟”。在孟子故里邹城市，今存孟庙、孟府、孟林、孟子故居、断机堂、子思书院等与孟子有关的遗迹、遗存及纪念建筑。

④辍（chuò 绰）然中止：突然停了下来。辍，停，中止。

⑤諠（xuān 宣）：通“谖”（xuān 宣）。忘记。

[译文]

孟子小的时候，正在读书。他的母亲在一旁织布。孟子突然停了下来，过了一会儿又继续诵读。他的母亲知道他是忘记了读书，心思不知跑到哪里去了。于是把他叫到身边，问道：“为什么中间停了下来呢？”孟子回答说：“有一段忘了，后来又想起来了。”他的母亲拿过一把利刀，割断了织布机上正在穿织的线，以此来告诫他。从那之后，孟子读书再也不三心二意了。

二、东家杀豚[1]

孟子少时，东家杀豚。孟子问其母曰：“东家杀豚何为？”母曰：“欲啖汝[2]。”其母自悔而言曰：“吾怀妊是子[3]，席不正不坐[4]，割不正不食[5]，胎教之也。今适有知而欺之，是教之不信也。”乃买东家豚肉以食之，明不欺也。

《诗》曰：“宜尔子孙绳绳兮[6]。”言贤母使子贤也。

[注释]

①东家：东邻。　豚（tún 屯）：小猪。也泛指猪。

②啖(dàn 淡):吃,给吃。

③怀妊(rèn 任):怀胎。妊,怀孕。

④席:供坐卧铺垫的用具。

⑤割:用刀截断。此处指食物分割。

⑥宜尔子孙绳绳兮:见《诗·周南·螽(zhōng 终)斯》。这是一首祝贺别人多子多孙的诗。螽斯,是蝗一类的虫,多子。绳绳,是像捻结绳子一样绵延不绝。本句的意思是,真适宜你的子孙绵延不绝啊!

[译文]

孟子小的时候,他家的东邻杀了一只小猪。孟子问他的母亲说:"东邻杀小猪干什么呢?"母亲回答说:"想给你吃!"说后,孟母自己后悔地说:"我怀孕这个孩子时,席放置不端正不坐,食物分割不方正不吃,是为了对他进行胎教啊!今天他已经懂事了,如果欺骗他,那是教他不守信用啊!"于是,买了东邻家的猪肉,炖了给孟子吃,以示言而有信。

《诗》中说:"真适宜你的子孙绵延不绝啊!"这是说,贤母能使子贤。

三、孟子去妻

孟子妻独居,踞[①]。孟子入户视之,白其母曰:"妇无礼,请去之。"母曰:"何也?"曰:"踞。"其母曰:"何知之?"孟子曰:"我亲见之。"母曰:"乃汝无礼也,非妇无礼。《礼》不云乎:'将入门,[问孰存;]将上堂,声必扬;将入户,视必下②。'不掩人不备也。今汝往燕私之处③,入户不有声,令人踞而视之,是汝之无礼也,非妇无礼也!"于是孟子自责,不敢去妇。《诗》曰:"采葑采菲,无以下体④。"

[注释]

①踞(jù 据):蹲或坐。这里是指"箕(jī 机)踞"。即两腿伸直岔开,像簸箕式地坐着。古时无椅櫈,坐于席上,坐则跪,行则膝前,足皆向后,以是为敬。《礼记·曲礼上》:"立毋跛(bì 币),坐毋箕。"故古人认为,箕踞是一种不合礼仪的轻慢行为。

②《礼》不云乎:见《礼记·曲礼上》:"将适舍,求毋固。将上堂,声必扬。……将入户,视必下。"前一句与本文所引有异。

③燕私:在寝室休息。

④采葑(fēng 封)采菲,无以下体:见《诗·邶(bèi 背)风·谷风》。这是一首弃妇诉苦的诗。谷风,是东面吹来的风。葑,是野菜,即蔓菁(jīng 精)。菲,是与蔓菁同类的野菜。下体,是指葑菲的根。这句诗的意思是,采葑菜,采菲菜,不要丢弃了下面好吃的根。比喻丈夫择偶,不可嫌妻子色衰,而抛弃她贤惠的美德。

[译文]

孟子的妻子独自在家,伸开双腿簸箕式地坐着。孟子回家看到了,就向他母亲说:"媳妇不守礼仪,请打发她返回娘家。"母亲说:"为什么呢?"孟子说:"她踞坐。"孟母说:"你是怎么知道的?"孟子说:"我亲眼看到的。”孟母说：“这是你不讲礼仪啊！不是媳妇不讲礼仪。《礼》不是这样说的么：‘将要进入大门，先问问谁在家里；将要进入前堂，先要大声打个招呼；将要进入内室小门，眼睛要向下看。’不让人没有防备。现在你前往寝室休息的地方，进门连个招呼也不打，让人家踞坐被看见，是你不讲礼仪，不是媳妇不讲礼仪啊！”于是，孟子作了自我批评，不敢再赶走妻子了。《诗》中说：“采葑菜，采菲菜，切莫丢弃了它好吃的根！”

《古列女传》邹孟轲母(四则)[①]

刘　向　　撰[②]

刘培桂　译注

一、孟母三迁

邹孟轲之母也,号孟母。其舍近墓,孟子之少也,嬉游为墓间之事[③],踊跃筑埋。孟母曰:“此非吾所以居处子[也]。”乃去,舍市傍。其嬉戏为贾人衒卖之事[④]。孟母又曰:“此非吾所以居处子也。”复徙舍学宫之旁,其嬉游乃设俎豆[⑤],揖让进退[⑥]。孟母曰:“真可以居吾子矣。”遂居。及孟子长,学六艺[⑦],卒成大儒之名。君子谓孟母善以渐化[⑧]。《诗》云:“彼姝者子,何以予之[⑨]?”此之谓也。

[注释]

①《古列女传》:即《列女传》。《四库全书》著录为《古列女传》。西汉刘向撰。全书共七卷。分母仪、贤明、仁智、贞顺、节义、辩通、孽嬖七类,列记古代妇女事迹104则,每则都有赞语。本篇录自《四库全

书·史部·古列女传》，每则题目为译注者所加。　邹：古国名。孟子故里。西周初年，由颛顼（zhuān xū 专须）后裔挟所建立。曹姓。有今山东省邹城市全部、滕州市东部、南部、北部，枣庄市市中区北部、山亭区全部，费县西南部，济宁市任城区东部、南部等地。周宣王时分为邾、小邾、滥三国，小邾居东南部，滥居南端，邾仍据故境大部，互不隶属。其名称多变，春秋时称邾（zhū 朱），或邾娄，战国时期称邹。战国末年，为楚所并。秦汉时在其境内置驺县。后又称邹县，延续历代。1992 年撤邹县建制，改设今邹城市。《史记·孟子荀卿列传》："孟轲，驺人也。"驺，同"邹"。邾国故城，在今邹城市驻地东南 12 公里峄山之阳。

②刘向（约公元前 77～前 6 年）：原名更生，字子政。汉高祖弟楚元王刘交四世孙。宣帝时任散骑谏大夫，屡次上书劾奏外戚专权。元帝时因反对宦官弘恭、石显，被捕下狱。成帝时，更名向，任光禄大夫，校阅经传诸子诗赋等书籍，写成《别录》一书，为我国最早的分类目录。另外著有《新序》《说苑》《列女传》《洪范五行传论》等书。《汉书》有传。

③嬉（xī 希）游：游戏，玩耍。

④贾（gǔ 古）人：设摊、店售货的商人。贾，居货待售者。　衒（xuàn 炫）卖：夸耀货色，以求出售。

⑤俎（zǔ 阻）豆：俎，置牲、肉的几；豆，盛干肉一类食物的器皿。都是古代宴客、朝聘、祭祀用的礼器。引申为祭祀、崇奉之意。

⑥揖（yī 衣）让：作揖和谦让，是古代宾主相见的礼仪。揖，古时拱手礼，以手通指。

⑦六艺：古代学校的教育内容。《周礼·地官·保氏》："保氏掌谏王恶，而养国子以道。乃教之六艺。"即礼、乐、射、御（驭）、书、数六种

科目。又指儒家的六经。《史记·滑稽列传》:“孔子曰:‘六艺于治一也。《礼》以节人,《乐》以发和,《书》以道事,《诗》以达意,《易》以神化,《春秋》以道义。’”

⑧渐(jiān 尖)化:浸润,感化。渐,沾湿,浸润。

⑨彼姝(shū 书)者子,何以予之:见《诗·鄘(yōng 拥,旧读 yóng)风·干旄(máo 毛)》。姝,美。这是一首赞美卫文公求贤纳善的诗。干旄,竿顶用旄牛尾为饰的旗。本句的意思是,那位贤良善美的人,拿什么礼物送给你!

[译文]

邹人孟轲的母亲,称作孟母。她住的地方,靠近一片坟地。孟子小的时候,玩耍时常模仿坟地的活动,争做掘坟筑墓的游戏。孟母说:“这里不是我可以让孩子居住的地方。”于是就离开了这里,在一个集市旁住了下来。孟子玩耍游戏,又模仿商贩炫耀叫卖。孟母又说:“这里也不是我可以让孩子居住的地方。”又搬到了一处学宫旁边。孟子玩耍,就学着摆设俎豆,作揖行礼,做祭祀、宴客、宾主相见的游戏。孟母说:“这里真是适合我的孩子居住啊!”于是就定居了下来。等孟子长大了,就学习礼、乐、射、御、书、数六艺,终于成为了一位有名的儒家大师。君子认为,孟母教子善于浸润感化。《诗》中说:“那位贤良善美的人,拿什么礼物送给你?”就是说的这个意思。

二、孟母断织

孟子之少也,既学而归,孟母方绩①,问曰:“学所至矣?”孟子曰："自若也[②]。"孟母以刀断其织。孟子惧而问其故，孟母曰："子之废学，若吾断斯织也。夫君子学以立名，问则广知。是以居则安宁，动则远害。今而废之，是不免于厮役[③]，而无以离于祸患也。何以异于织绩而食，中道废而不为，宁能衣其夫子，而长不乏粮食哉？女则废其所食，男则堕于修德，不为窃盗则为虏役矣[④]。"孟子惧，旦夕勤学不息，师事子思[⑤]，遂成天下之名儒。君子谓孟母知为人母之道矣。《诗》云："彼姝者子，何以告之[⑥]？"此之谓也。

[注释]

①绩：即缉麻，或纺线。析麻搓接成线。

②自若：如常，像原来的样子。

③厮（sī 思）役：古时干粗活杂活的奴隶或仆役。

④虏役：供人使役的奴仆。

⑤子思（公元前483～前402年）：战国初思想家。姓孔，名伋，字子思。孔子之孙。相传受业于曾子。生平事迹不可详考。据《孟子》记载，子思曾居于卫，与卫君同御齐寇。曾在鲁为臣，被鲁缪公尊为贤者，欲与交友。在费被费惠公尊为师。《汉书·艺文志》著录《子思子》二十三篇，已佚。现存《礼记》中的《中庸》《表记》《坊记》等，相传是他的著作。司马迁《史记》记载，孟子受业于子思之门人。后人称子思与孟子为思孟学派。元文宗至顺元年（1330年）被追封为沂国述圣公。孟子故里邹县旧有子思书院、子思祠。1945年毁于战火，今已重建。本文说孟子"师事子思"，从他们的生卒年代上看是不可能的，因为孟子出生时子思已经去世。还是司马迁所言为是。

⑥彼姝者子，何以告之：见《诗·鄘风·干旄》。告，有《注》读曰“gù 固”，解作“告朔”，是周王告知诸侯、或上告知于下的专用语。本文是卫文公求贤，理应礼贤下士，岂能用以上告下之语气！故本注仍解作告诉之“告”。本句的意思是，那位贤良善美的人，拿什么言语来劝说你？

［译文］

孟子小的时候，上学去之后不久就回到了家里。孟母正在纺线织布。问道：“功课学得怎么样了？”孟子说：“还是原来那样。”孟母用利刀割断了织布机上正在穿织的丝线。孟子害怕了，问为什么，孟母说：“你学习半途而废，就好像我割断正在纺织的丝线一样。君子通过学习树立名声，通过询问拓展知识。这样，居家时才能平安宁静，外出时才能远离危害。如今废弃了学业，这是不能避免沦为奴仆下役，从而不能远离祸害灾难啊！这无异于我纺线织布养活全家而中途废止，那怎么能供给你们父子穿衣，并常年不缺少饭吃呢？女子废弃了供给家人吃的，男子懒于修养道德，那样，不是沦为盗贼，就是沦为仆役啊！”孟子害怕了，不分白天黑夜勤学不止。拜子思为师。于是成为天下闻名的大儒。君子认为孟母深知怎样当好母亲的道理。《诗》中说：“那位贤良善美的人，拿什么言语来劝说你？”就是说的这个意思。

三、孟子去妻

孟子既娶，将入私室，其妇袒而在内①。孟子不悦，遂去不入。妇辞孟母而求去，曰："妾闻夫妇之道[2]，私室不与焉[3]。今者妾窃惰在室[4]，而夫子见妾勃然不悦[5]，是客妾也[6]。妇人之义，盖不客宿[6]，请归父母。"于是孟母召孟子而谓之曰："夫礼，将入门，问孰存？所以致敬也；将上堂，声必扬，所以戒人也；将入户[7]，视必下，恐见人过也。今子不察于礼，而责礼于人，不亦远乎！"孟子谢，遂留其妇。君子谓孟母知礼而明于姑母之道[8]。

［注释］

①袒（tǎn 坦）：脱衣露上身。《礼·曲礼上》："冠毋免，劳毋袒。"

②妾：旧时女子自称的谦词。

③不与焉：不包括在其中。

④窃惰：私下歇息。

⑤勃然：突然。

⑥客：以为客。使动用法。

⑦户：单扇门。一扇为户，两扇为门。此处是指内室之门。古时门、堂、室、户各有所指，房屋内部，前称堂，堂后以墙隔开，后部中央称室，室的东西两侧称房。

⑧姑母：姑，丈夫的母亲；母，母亲。

［译文］

孟子娶妻之后，一次将要进入内室，正巧他的妻子脱了上衣露着身子。孟子很不高兴，于是转身离去。妻子见状，告辞孟母，要求返回娘家，说："我听说夫妇之道，内室的活动是不包括在内的。今天我在内室私下解衣歇息，而丈夫看见我这样突然很不高兴，是对我用客人的礼仪相待。女子的行为准则，一概不能作为宾客在外居住，所以请求回到父母身边。”于是，孟母叫来孟子对他说：“按照礼的要求，将要进入家门，要问问谁在家里？以此表示恭敬；将要登上前堂，一定大声打个招呼，以此提醒主人知道；将要进入内室小门，眼睛一定要向地下看，恐怕看见别人的私密。今天你自己还没弄明白礼是什么，反而用礼来责备别人，这不也是远离礼的要求吗？”孟子连忙道歉，于是挽留下了妻子。君子认为，孟母懂得礼仪，并且明白做婆婆与做母亲的准则。

四、孟子处齐

孟子处齐而有忧色[①]。孟母见之，曰：“子若有忧色，何也？”孟子曰：“不敢。”异日闲居，拥楹而叹[②]。孟母见之，曰：“乡见子有忧色[③]，曰不也。今拥楹而叹，何也？”孟子对曰：“轲闻之，君子称身而就位，不为苟得而受赏，不贪荣禄。诸侯不听则不达其土，听而不用则不践其朝。今道不用于齐，愿行而母老，是以忧也。”孟母曰：“夫妇人之礼，精五饭[④]，幂酒浆[⑤]，养舅姑[⑥]，缝衣裳而已矣。故有闺内之修，而无境外之志。《易》曰：‘在中馈，无攸遂[⑦]。’《诗》曰：‘无非无仪，惟酒食是议[⑧]。’以言妇人无擅制之义，而有三从之道也[⑨]。故年少，则从乎父母；出嫁，则从乎夫；夫死，则从乎子，礼也。今子成人也，而我老矣。子行乎子义，吾行乎吾礼。”君子谓孟母知妇道。《诗》云：“载色载笑，匪怒伊教[⑩]。”此之谓也。

颂曰：孟子之母，教化列分。处子择艺，使从大伦[11]。子学不进，断机示焉。子遂成德，为当世冠。

［注释］

①齐：古国名。西周初期，武王封太公望于齐。在今山东北部。至桓公为春秋五霸之一。春秋末年，田氏取代姜氏。至战国为七雄之一。公元前221年为秦所灭。孟子约齐宣王二年（公元前318年）来到齐国，曾任客卿。约齐宣王八年（公元前312年）因反对齐国侵略燕国，与齐宣王意见不合，愤然离开齐国。

②拥楹（yíng 盈）：扶靠着堂柱。楹，厅堂的前柱。

③乡（xiàng 向）：通“向”。过去，从前。

④五饭：用五谷做的饭食。

⑤幂（mì 密）：覆盖，罩。《周礼·天官·幂人》：“祭祀，以疏布巾幂八尊；以画布巾幂六彝……”此句意为备好祭品。

⑥舅姑：夫的父母，即公婆。

⑦在中馈（kuì 愧），无攸（yōu 优）遂：见《易·家人》。馈，进食于人。攸，所。指示代词。遂，专断，专事。《公羊传·僖三十年》：“大夫无遂事。此其言遂何？公不得为政尔。”此句的意思是，在家中做好饭食，无所专断。

⑧无非无仪，惟酒食是议：见《诗·小雅·斯干》。斯干，斯，这个；干，水边。非，责怪、反对。仪，法度、标准。议，谋虑、商议。这是一首歌颂周王宫室落成的诗，后两章反映了男尊女卑的社会意识。本句的意思是，不非议家人，不自作主张，只谋虑商议做饭的事情。

⑨三从之道：封建社会奴役妇女的教条。见《礼·郊特牲》：“妇人，从人者也。幼从父兄，嫁从夫，夫死从子。”

⑩载色载笑，匪怒伊教：见《诗·鲁颂·泮（pàn 判）水》。泮水，春秋鲁之水名。载，作语助，无义。匪，通“非”。伊，是。这是一首赞美鲁僖公打了胜仗在泮宫庆功的诗。本句意为，和颜悦色，没有怒气，惟有教诲。

⑪大伦：伦常大道。古时指人与人之间关系的根本准则。《孟子·公孙丑下》：“内则父子，外则君臣，人之大伦也。”

[译文]

孟子在齐国的时候，面带忧色。孟母看见了，问道：“看你的脸色好像有些忧愁，为什么呢？”孟子说：“不敢。”过了些日子，孟子闲居在家，扶靠着堂柱叹息。孟母看见了，说：“前几天看见你有忧愁的脸色，你说没有。今天扶靠着堂柱叹息，为什么呢？”孟子回答说：“轲听说过，君子根据自己的才能而选任官位，不苟且领取赏赐，不贪求荣禄。诸侯不听信自己的主张，就不到他的国家去；听信而不采用，就不登临他的朝廷。如今齐王不采用我的主张，我想离去但母亲年迈，就此我感到为难啊！”孟母说：“妇女应该遵守的礼，是操办好家中的饭食，筹备好祭品，奉养公婆，缝制衣裳罢了。所以只需要料理好家中的事情，而不可有过问家外事情的想法。《易》说：‘在家中做好饭食，无所专断。’《诗》说：‘不非议家人，不自作主张，只谋虑商讨做饭的事情。’这是说，妇女不许有擅自作主的行为，只能遵守‘三从’的规矩。所以，小时候则顺从父母，出嫁后则顺从丈夫，丈夫死后则顺从儿子，这是礼的要求。如今你已经是成年人了，而我年老了，你可以行你的道义，我行我的妇礼。”君子认为孟母懂得做妇女的准则。《诗》说：“神态和蔼，面带微笑；没有怒气，循循教导。”说的就是这个意思。

颂曰:孟子的母亲,以善于教化而著称于列女。选择能学习《六艺》的地方让儿子居住,让他遵从做人的伦常大道。孟子读书没有长进,就割断正在纺织的丝线警示他。孟子终于品学兼优,成为当时最有名的儒家大师。

卷三　元代

中庸精舍记

张　翌

［原文］

中庸精舍记

驺人相传，孟子故宅在县东隅。其邑，前临因利沟，南揖文贤冈，泗川掩抱。好事者筑暴书台其间，则昔日固有庐舍。又，县治东隙地，今为淫祠者，旧名子思讲堂，谓孟子传道于此。按孟母三徙，自墓而市，自市而学宫旁。此地母所徙耶？孟子他日归邪？受学固当在鲁，岂子思子时至邹邪？历世滋久，文字不完，传信传疑，顾人心所向何如耳。于今千六百余年矣，邑人犹曰：此故宅也，此讲堂也。洞洞属属，如将见之。可不因人心所向以存其迹乎？

东阳司居敬来尹兹邑，暨达鲁花赤木忽难，主簿兼尉赵国祥，元贞元年复故宅遗址，辟门修垣，以表之。爰寄讲堂于暴书台旁，曰中庸精舍，子思子南面，孟子西向侍。皆章甫玄端危坐，俨然昔日授受之容。谓翌曰："思孟往矣，相传之旨具在方册，子盍揭以示人，副驺人向慕之志。"翌谢曰："何足以知之？然尝以闻之先哲，曾子事孔子于洙泗之间，问答纤悉。若《礼记》，曾子问者多矣。其为学笃实切已，惜乎嘉言善行不尽传也。孔子曰：'吾道一以贯之。'乃圣人传心之要。曾子一唯，授之子思。子思述之，作《中庸》一篇。首曰天命谓性，即曾子所闻一贯者。其书举孔子'诚者，天之道'之言，以指全体，自谓君子之道。'费而隐'之言，兼指体用。子思亲切为人之意，独孟子得之。其曰'性善'，子思'天命'之谓；其曰'思诚'，子思'诚之'之谓；其曰'万物皆备于我'，反身而诚，强恕而行，则体用兼该。至诚不诚之效，与'无息致曲者'无以异。授受之旨，若合符契。至于人心、人路，安宅、正路，四端、四体，乃其神会心得。而知言养气，又身亲实用其力者。于是尽心知性，以造其理；存心养性，以履其事。知天而不以夭寿贰其心，事天而能修身以俟死。造诣于知之尽仁之至，其用极于过化存神之妙。故辨禹、稷、颜子、曾子、子思迹异而道同。承禹抑洪水，周公兼夷狄驱猛兽，孔子成《春秋》继名世者，平治天下而不得辞也。学者沉潜反复，于焉有得子思、孟子言论，常体诸身，圣门之学未坠于地，不能无望于今之升斯堂者。"

或曰："圣人之道，乃夫人日用所当行，如君臣、父子、夫妇、长幼、朋友是已。今而高谈性命，毋乃沦于空虚而无实用耶？"是不然。性者，天赋于人物之理，而诚则天理在我之实然者。自得于天者言之，则浑然一理；及其散于万事，则物物一理。人能穷是理，知其皆本于天，则知物物各有其则，不容一毫之私间乎其间。是则子思之"诚之"，孟子之"思诚"，三纲五常之道，胥此焉出。岂释老空谈比耶！周元公接孟子之传，《通书》四十章，始之以诚,继而曰诚,神几自发,微不可见,以至于充周不可穷,皆寂然不动者基之,其旨微矣!《易》曰:穷理尽性以至于命。斯道也,虙羲以来,圣圣相传,其在人心固无古今之殊也。嗟夫!子思、孟子不可作也,故宅、讲堂遗迹仅存。县学既建,又立精舍,以明斯道之所自,有德于邹人甚厚,亦非私于邹也。千载之下,必有来哲,闻风兴起,如孟子称百世之师,而企慕乎亲炙之者。故因其迹而叙传心之要云。

孔颜孟三氏教授导江张翌记

济南赵靖书丹并篆额

元贞元年八月朔日

建义副尉、达鲁花赤忽哥立石

[碑阴]

[原文]

中庸精舍碑阴记

司居敬

孟子故宅,其传有自来矣,而邑民家焉。居敬一日长于斯,爰念阙里孔子之宫,历二千年,中间虽鲁共王犹不坏。孟子实接孔子之统,其居湮没,忝尹斯邑,实不遑宁。顾欲辟斯土,树松柏以寓召伯甘棠之意。又以子思讲堂在县治东,亦欲复旧。庶几邹人士景仰而知兴起。其弊有神祠,居敬妄谓:“圣贤以斯道觉斯民,功在万世。神而有知,固当辟正堂以舍。使据圣贤之居,以扬其灵，恐不能妥侑乎是。况藉此锡百福于斯邑，神必不然。苟佗所奉而迁之，神得以永厥祀，而圣贤之迹不废。”则皆曰：“惧神之不我福也，不敢。”居敬学未知方，见义不勇，无以解一时之惑。于是召居故宅者与之谋，咸乐徙。乃度其丈尺，酬之以币。建屋像子思、孟子，名曰“渊源”，以寓讲堂。缭以周垣，设重门，揭大榜，篆“暴书台”于石。入门则兴孟母三徙之思，升堂则如在孟子受业之日，登台则知登高自卑，而极高明为入道之方，岂徒曰存古而已。惟茂树以为斯堂之荫，甃甓以致斯台之故，则坐秩当去不暇。若斯二者与复讲堂故处，尚有望于后之人。是台也成，邑人咸喜，重译而从宦焉者，亟求署名于石，惟恐不得与于斯。于以见圣贤之化入人也深。而得于观感者，无远不届。于是取基址之广袤，栋宇之数制，记文不得载者，具列碑阴。

元贞元年八月甲子

从仕郎、邹县尹兼管本县诸军奥鲁劝农事司居敬记

邑人杨秉秀书丹

儒学教授刘之美立石

［简介］

本文录自明成化十八年(1482年)刻本刘浚编《孔颜孟三氏志》卷六。《中庸精舍记》应与《中庸精舍碑阴记》同刻一石。碑刻原存子思书院。已佚。

中庸书院开堂训辞

马　豫

[原文]

大德九年乙巳中庸书院开堂训辞

豫东平后学，于道无闻。向者卜居汶上夫子讲堂，学者不以豫之不敏，檐簦负笈，陆续而来之四方，每以无及人之善为愧。况此邹邑，实圣贤之地，礼义之乡，大夫士其教子义方计已讲之熟矣，尚何所复容愚不肖之喙哉！兹者伏蒙衍圣公袭封之书，邑大夫诸公之疏，远赐招延，固辞不获，辄颜承命，登此讲习。俾速为诸生讲说道义，虽不敢当，然区区所有，亦不得不申之言。

窃闻古之学者，始学为君子，终学为圣人。《论语》篇首云：人不知而不愠，不亦君子乎？卷末复言：不知命无以为君子。有以见圣人立教，俾学者为君子，是为急务。盖知所以为君子，则知所以为圣人，则必知其有圣贤传之。圣贤之学，不外乎至于中而止也。是以尧授舜，舜授禹，惟曰精一执中。至于殷之建中，周之建极，皆此道也。逮吾夫子，虽不得其位，以行其道，而其所以继往圣，开来学，其功又有贤于尧舜者。当是时也，夫子传之曾子，曾子传之子思，而作为大中之书，开淑后人，以诏来世。复再传而得孟氏，为能推广二书，以承先圣之传，是谓邹鲁之学也。粤自杏坛基废，书台迹芜生，学士溺其词章末技，其学浅近而弗有实用，传道之统亦几乎熄矣。赖有近世大儒有若王通论语性中说，是谓河汾之学；又若河南二程，受业于春陵周元公，是谓伊洛之学；又若胡安明体用以教门人，是谓苏（润）[湖]之学；又继而得晦翁朱夫子，集厥大成，其道益著，是谓考亭之学。如诸公辈，皆非邹鲁之人也，而能接尧舜之统绪，发孔孟之渊源。大哉！学乎。今吾侪生于我邹鲁，长于我邹鲁，其学又当何如哉？呜呼！世道有隆替，人心无古今，今之邹鲁，即古之邹鲁也，孔孟之道岂不在人而未坠乎？同志者当蚤正其学而熟讲之，但恐路头一差，终身茫然不知所向也。然则求其入道之门，奚为而可？幸望遵循朱文公读书之序，先《大学》，次《论语》《孟子》，次《中庸》，迤逦作功，程而渐进可也。盖不先乎《大学》，无以提挈纲领，而尽《论》《孟》之精微；不参之《论》《孟》，无以融会贯通，而极《中庸》之归趣。务讲学者，固不可不急于四书；读四书者，又不可不先于《大学》。学者不为君子则已，苟有志于君子之道者，请由是而之焉。其或舍此不务，而屑然点墨濡毫，摛章绘句，骈花骊草，嘲风咏月，文不载道，既不可以经天纬地，诗亡风雅，又不以扶衰救弊，抑不知雕虫篆刻，连编累牍，竟何补于世哉！

矧兹书院扁曰“中庸”，而我辈于圣贤传道之统慢不加省，徒欲呕诗缉文为事业，俾我先师思孟罔闻知犹可说也，如其有灵，则神其不以为汙乎？词章之弊苟不除，徒有先觉大人典教于是堂，亦难玉汝于成也。来汝小子，自今以始，要在平心易气，涵养仁义礼智之根，疏凿性命道德之源，自考亭之学始，泉而达之，接苏湖之澜，衍伊洛之波，决河汾之流，挽而通之洙泗之正派，使圣贤之学复兴于此，顾不为邹鲁千载之美欤？又况我皇元方且崇儒重道，励精求治，未暇计科以取士，政望圣贤之学复生于今日。庶几成德之君子，类聚于清朝，翼万世太平之基。有志于学者辨之在蚤，无失其时，大不可以词章之故为自累。虽然词章之学一脉未绝，适为今世之好尚，似未可偏废，愚亦安能以一苇为中流砥柱乎？但君子之学，孰为轻重，孰为缓急，惟诸生其自择焉。学云学云，词章云乎哉？其各勉思毋忽。

大德九年乙巳二月十三日

汝南野人马豫敬书于邹县中庸书院之率性堂

[简介]

本文录自明嘉靖三十一年(1552年)史鹗编《三迁志》卷六《碑记二》。原石应立于子思书院。已佚。

渊源堂记

马　豫

［原文］

大德九年乙巳渊源堂记

邹县城东南隅(之阳),因利沟之(阴)［阳］,有子思之堂,名曰“渊源”,乃子思传道于孟子之地也。夫渊源者,水所出之根源也。子思传道之统,有自来矣,亦犹水之出于渊源。水有渊源,则流之不竭;道有渊源,则传之无弊。故江自岷峨,河自昆仑,其安流则滔滔东逝,入海而止。此流之不竭,水之有渊源者,如是也。及其泛滥,则洪水横流,使吾民不化而为鱼鳖者几希。是时伯禹治之,千载之功未能忘也。若夫道始于天地之先,放之则弥六合,卷之则不以握,求之于日用之间,则曰君臣、父子、夫妇、长幼、朋友也。其体仁义礼智信,其用则见于君臣有义,父子有恩,夫妇有别,长幼有序,朋友有信,万世长行而无弊。此传之无穷而道之有渊源者,如是也。及其人伦不正,风俗薄恶,教化不行,天理废缺,为君者不尽其礼,为臣者不尽其忠,为父者不尽其慈,为子者不尽其孝。夫妇有别,长幼有序,朋友有信,夫有五常之礼,尊卑上下之分，若非传道者相继而扶持之，则人伦之道亦几乎熄矣。尚赖夫尧传之舜，舜传之禹，禹传之汤，汤传之文武周公，文武周公传之孔子，虽不得位，所以继往圣开来学，其功反有倍于尧舜者。孔门之徒有三千，达者七十二人，惟曾子独能传孔子之道。曾子复传之于子思，子思又传之于孟子，斯道之流，千百年之后皆得其渊源之正派，而传之无穷者也。呜呼！自孟子没而不得传焉。惜乎！嘉言善行不尽传于世也。后之学道者，不入于杨则入于墨。杨墨学仁义而差者也，分辙而异途。夫渊源之正派，舍夫尧舜禹汤周孔之道，务为空虚寂灭。弃其三纲五常之理，行一已之私见，杨氏为我，拔一毛而利天下不为；墨氏兼爱，视父母犹路人。其流至于无父无君，与禽兽何异？则离于圣人之道远矣。凡学吾圣人之道者，当探其源本，究寻其正派，穷尧舜禹汤周孔之道，明三纲五常之理，无毫厘之差可也。如渊源一差，则骎骎然入于杨墨之道，其流至于无父无君，入于禽兽之域矣。可不慎哉！

今谨书思孟传道之正流，宣诸壁门，俾后之登斯堂者，必有能寻流泝源，回澜于既倒，障百川而东之，使洙泗正派之不竭，未必不由此堂出也。堂乎渊源，其在兹乎？敢告邹人亿万斯年无废此堂，亦义存礼在之意也。

大德九年二月十三日

汝南野人马豫谨书记

[简介]

本文录自明嘉靖三十一年(1552年)史鹗编《三迁志》卷六《碑记二》。原碑应立于子思书院。已佚。

中庸精舍书籍之记

刘　泰

[原文]

中庸精舍书籍之记

邹城巽隅外壖，南抵因利沟，世传为孟子宅故基。邑宰司居敬创子思祠堂四楹于曝书台东，以孟子侍坐，号中庸精舍。崇传道之始，不忘本也。厥后县尹宋彰构讲室于堂后，扁以“率性”。斋舍厨库翼于东西，主善私第列于左，计三十有余间。广庇士，乐育才也。里人承德郎尚书省照磨姜元，捐俸金购大字《九经正义》、温公《全鉴》，乐与贫士共之，助成德也。猗欤！盛哉！

原三君子之用心，固皆敦本抑末，以厚风俗为志也。然而二尹虽劳心力，以权威临下为之，其势甚易。照磨富非陶朱、猗顿，能费数千缗置书以惠众，此人情所甚难。视世之吝啬，虽一毫不屑利于人者，相去不知其几千级矣。

呜呼！邹乃孟子之乡国也，斯地乃子思倡道传心处也。书院既立，生徒既聚，若经史不务，无以资为学之本，则造道者自何而入乎？斯照磨惠书之雅意也。而今而后，凡读书为业者，入斯院，启斯书，一则当思思孟传圣人心，建立人极，纲纪万事，即是心达之天下，以为垂教之意，不过明君臣、父子、夫妇、长幼、朋友之理而扩充之，不可不谨也；二则当思精舍讲室立名之义，“中庸”“率性”，名殊理同，天下之大本，万物之一原，罔不根于天而备于我，出入周旋，瞻睹充扩，以成厥德，不可不勉也；三则当思惠书之意，忠于后进，冀其有成，孝弟忠信，扬名显亲，风俗淳厚，格去浇漓，以答惠书之美意，不可有所负也。是故三者苟或不忘，则天下之理得矣。矧理虽众多，则无一不载于九经，亦无一不具于吾心也。以其吾心为气禀物欲所汩，若处蔀障之下，蔽翳深厚，莫睹其明。苟欲开之，非九经则罔知其可。况九经载天地之心，圣贤明是心以相传，开天下后世之聋瞽，如撤去蔀障而俾睹青天。学者舍是而他求焉，则奚异耳目自渥涂？虽然读是经而不明其用心之所以然，则经自经，心自心，其理终莫能该贯而合万为一矣。若得其要，由此以进，得寸行寸，得尺行尺，真积力久，德业有成，居广居，行大道，天爵修，人爵至，未有不由九经以致者也。诚至乎是，则当曰：我之所得，我之所荣，则精舍经史之力也。念兹在兹，以己之忠厚，不忘惠书之忠厚，兹邹邑之盛事也。俾天下闻之，孰不喜乎？于是前监县帖木儿不花暨邑士赵璋、刘之美、梁佐、张忠辈同辞请仆记之，辞弗获，勉书其大概云。

延祐改元春三月望日

监察御史、后学西郓刘泰撰文

[碑阴]

中庸精舍书籍总目

《孝经》《论语》《孟子》《尚书》《毛诗》《周礼》《礼记》《春秋》《周易》注疏共二百四十四卷；

《朱子四书》六十三卷；

《朱子诗传》二十卷；

《春秋□记》九十卷；

《周礼句解》十二卷；

《礼记 □□》十六卷；

《孔子家语》十卷；

《金氏尚书表注》四卷；

《近思录》十四卷；

《郑氏论语意原》一卷；

《朱子小学句解》四卷；

《程氏易原》十卷；

《温公通鉴》三百五十四卷；

《□记音义》二十卷；

《三国志》六十五卷；

《少微通鉴》五十六卷；

《昌黎文集》四十卷；

《外集》十六卷；

《愚溪文籍》四十五卷；

《洪平斋文籍》三十七卷；

《通祀辑略》三卷；

《淮海文籍》四十卷；

《字苑》五十卷；

《孝感传》一卷；

《老子纂微》一卷；

《庄子注》十卷；

《荀子句解》二十卷；

《杨子注》十卷；

《文中子注》十卷；

《朱子性理大成集》二十七卷；

《学吟珍珠囊》二十七卷；

《玉篇》三十卷。

[简介]

碑文录自明成化十八年(1482年)刻本刘浚编《孔颜孟三氏志》卷六。

碑阴记录自明万历三十九年(1611年)潘榛编《孟志》卷四《庙记·子思书院(附)》。标题为录者所加。□,原文注为缺字。碑刻原存子思书院内。已佚。

圣诏褒崇孟父孟母封号之碑

仁　宗

［篆额］

圣诏褒崇孟父孟母封号之碑

［碑文］

上天眷命，皇帝圣旨：

朕惟由孔子至于孟子百有余岁，而道统之传独得其正。虽命世亚圣之才，亦资父母教养之力也。其父夙丧，母以三迁之教励天下后世。推原所自，功莫大焉。稽诸往代，实阙褒崇。夫功大而位不酬，实著而名不正，岂朕所以致怀贤之意哉？肆颁宠命，永贲神休。可追封其父为邾国公，母为邾国宣献夫人。

主者施行。

延祐三年七月□日（宝）

[碑阴]

追封邾国公、邾国宣献夫人碑阴之记

吴　律

苍姬既没，祖龙当天，三代典章一委灰烬。寥寥二千载，天理民彝幸未泯绝。逮我圣天子孝治天下，雅尚儒术，礼乐法度，力复古制。大成至圣文宣王已既加崇于先朝，乃遣使乘传遽持诏即邹邑孟子庙，追封其父为邾国公，母为邾国宣献夫人。既毕礼，承事郎邹县尹曹彬与其五十一代孙承事郎泗水县尹孟祇祖议曰："此历代未行盛典，宜树丰碑，刻诏其上，纪岁月其后，以彰圣恩，以传不朽，以为乡国荣，且有以告诏后学。"询之同列，同列以为然。语之邑之耆旧，耆旧莫不欢跃以共其事。时律犹留鄙命，承德郎前尚书省照磨姜元、乡士许珪来请文其石，律辞不敢。姜曰："君之先师导江，传圣学以教人者，文笔列于庙庭。君之先君尝有功于斯庙，遗迹宛然。非君所当辞。"律应曰："子言若是，敢不敬从。"遂述三代典礼，七篇之旨，圣人传授心法，以教有志于圣学者。

邹国公奉崇以人君之礼者何？岂非以圣德继道统之传乎？虽曰生有淑质，非母三迁之教能臻斯乎？《春秋》之法，母以子贵，而况于父乎？今其子封以公矣，犹以庶人之礼祭其父母，可乎？《传》曰："父为士，子为大夫，葬以士，祭以大夫。父为大夫，子为士，葬以大夫，祭以士。"此礼也，何况世无闻乎？庙故处东北陬。自邹国公新庙成，适其父母神像于故殿，盖以有年。今既加封，欲创建宫室东南隙地。时未暇，乃即故基而更其制。冠以冕旒，服以五彩。危危峨峨，煌煌烨烨，俨然南面，春秋祭祀一同其子。非止为当世荣观，实邹国公欲报之德，昊天罔极之心也。孝子之事亲，仁人之事天也。父母之心，天地之心也。

知化则善述其事，穷神则善继其志。圣圣相承，继天立极，所传者何？太极既判，阴阳始分。乾坤大父母，人物是生。其理则为之性，其气则为之形。理则浑然，一毫不容付之于人。性无不善，气有不齐。所禀或异，加以物诱，贤愚是分。气质清明，义理昭著，生而知之，圣人也。变化气质，克去己私，复还天理，学而知之，极其至，亦圣人也。此尧舜汤武性之反之同归于圣也。蔽之厚者，牢不可开；诱之固者，坚不可破。良心陷溺，自暴自弃，流而下愚。圣人忧之，设教教人。累圣相传，皆是道也。人心惟危，道心惟微。惟精惟一，允执厥中者，尧舜禹之相授受也。见而知之者，禹皋陶也。闻而知之，则汤也。汤之惟皇上帝，降衷于下民，若有恒性，克绥厥猷惟后，是汤不坠其传也。见而知之者，伊尹莱朱也。闻而知之则文王也。文王之缉熙敬止，武王之皇建其有极，其传不绝。孔子之言性与天道，曾子之忠恕，子思天命之谓性，传及孟子性善之说，浩然之气，扩前圣之所蕴，与公孙丑、告子之徒反复论辨仁内义外之别，尽心知性以知天，存心养性以事天。人皆可以为尧舜。参天地，赞化育。以为辟杨墨之功不在禹下者，非知孟子者也。天高地下，万物散殊，而理行乎其中。是理也，视之不见，听之不闻，体物而不可遗，无声无臭，无气与形。如在其上，如在其左右。鸢飞戾天，鱼跃于渊。

随处充满，无少欠缺。万殊一本，一本万殊。费而隐，隐而费。散之万事悉具吾心。反身而诚，乐莫大焉。日用之间，从容闲暇。万变酬酢，物各付物。内外昭融，物我无间。胸次悠然，上下同流。仰不愧，俯不怍。心广体胖，何思何虑。其气浩然，充塞天地。譬天地之至诚，无息万物，各得其所。推之治道，尧之帝力何有于我？舜之无为而治，汤之格于皇天，亦不外是。孟子有得于此，所以告齐梁之君者也。王霸之辨，义利之分，好货好色之喻，无非絜矩之义。是皆本之人君躬行心得以至保四海，不过善推其所为而已。所谓修己以安百姓，笃恭而天下平，上下一于恭敬，则天地自位，万物自育，气无不和，四灵毕至，此孟子所以道传累圣之心法，立百王不易。溯流穷源，是皆慈母之教之故也。

是理也，在宇宙间，一息不停，万世一日。千四百年，知者其谁？功利之习，词章之技，愈远愈分。子周子《太极图说》重开混沌，二程受之。有曰，论性不论气不备，论气不论性不明。氛妖一扫，日月重光。自是而下，游、杨、尹、谢，逮及朱、张，咸明是道。先圣后圣，其揆则一。由朱、张而来至于今，百有余岁，传是道以教人者谁欤？然则圣人之道果绝传欤？天理民彝，今犹昔也。尧舜涂人，同具是理。舜何人也？予何人也？学者可不勉旃。当今科举之制，义理是崇，尽扫往昔浮华之弊，实三代取士之法，先儒极言而未行者。后学诚能有志于圣人传心之法，知言养气，以复其天之所以与我者，以继往圣，以应诏旨，异日见之事业，尧舜其君，尧舜其民，皆吾分内事。

圣天子孝根天性，上事太后曲尽其诚，下待群臣仁及祖宗。

近世传道诸儒毕列从祀，尊崇古先圣贤上逮父母。充是道也，以见歌击壤，变时雍不难矣。至于文章制度，明诏每下，常恐有司奉行弗至。如曹彬等可谓能恭承上命，不废其职。学者胡不观感踊跃，以趋于道哉。

延祐四年夏六月辛酉

承务郎、同知峄州事吴律撰

里人刘之美书丹

蒙古字书丹前济宁路蒙古字教授、承事郎、淮安路安东州税课提领陈恭

宣圣五十四代孙、中议大夫、袭封衍圣公孔思晦篆额

敦武校尉、邹县达鲁花赤马速忽，承事郎、邹县尹曹彬，副达鲁花赤伯颜不花，进义校尉、邹县主簿苏忽都答儿，邹县尉罗璧立石

监造吕椿、儒学教谕陈从政、典史陈政

里人常伟刊

[简介]

本文录自孟庙原石。原石原位于亚圣殿后寝殿前西侧，南向。现位于启圣殿院甬道西侧，东向。碑总高5.15米，其中螭首1.3米，龟趺0.75米，碑身3.1米。碑宽1.1米，厚0.3米。篆额三行，每行四字。碑文分别用八思巴文和汉文书写。上半部为八思巴文，11行，每行14字，共136字；下半部汉文与八思巴文相对应，行、字相同。所不同的是，八思巴文由左至右竖排，汉文由右至左竖排。年代落款处内侧各有一“宝”字，代示皇帝的印信。

碑阴刻有“追封邾国公邾国宣献夫人碑阴之记”,共30行,每行89字,总计1742字。

此碑虽历经七百个春秋,但保存基本完好,字迹清晰可辨,不失为研究孟子、孟庙及元史的珍贵文物。

元延祐三年(1316年)《圣诏褒崇孟父孟母封号之碑》

中庸书院缗田之记

刘之美

［原文］

中庸书院缗田之记

夏商周三代而下，明人伦之道者曰校、曰序、曰庠也。逮圣朝开创以来，凡行诏诰必先以学为急务而不缓也。按史传，孟子生于邹，被慈母三迁之教，师孔子之孙子思，言称尧舜，辞辟杨墨，功不下于大禹，封亚圣邹国公，配享宣圣庙，血食后世。寿终于冬至之日，里人悲感，遂辍贺冬之礼，至今成俗，异于他郡，以人情追慕之深故也。

前县尹恩州司居敬仲可，于城之东南因利沟滨，孟子故宅曝书台东，即思孟授受之地，构正殿曰中庸精舍，导江张先生文石具刻其详。既而邹尹蓚县宋彰显之，创建讲堂，曰“率性”。斋厨廪库，莫不毕备。又为学官居室其左，规制一新。乡人乐助赡学之赀数千缗，月增利息敦请主善训诲后进。商河县刘遵理仲平，来尹是邑，市田亦为此也。既有承德郎前尚书省照磨姜元舜举施书千卷，既勒坚珉。延祐二年乙卯春，承事郎今县尹临淄曹侯(明)[名]彬(余)[字]文质,莅政之初,首以书院出贷学钱惟存二十八锭,余者诡名迷失,廪访司滕阳前知州郑议不能追征者,侯乃悉征之矣。其增益之利,倍于往昔。若非公正,其孰能然?遂买桑田,募佃客,依乡原分收丝粒,以备师生廪膳。仍于里社选民之俊秀子弟赴书院读书,朔望率司熟讲明经史,通晓道义。学不厌,诲不倦,承承继继,务要成效,以备国朝选用。

夫书院之兴,始于司、宋,终于曹侯。盖没始者亦成终者难,曹侯能成终者也。后之君子睹此盛事,岂不增利息而益顷亩为其心。见置赡学桑田一百六十大亩九分,实在中统钞七百锭余。其列于碑阴,庶为永久之传。

邑人刘之美序始末而为之记,并题额。

致武校尉、达鲁花赤马达忽,副达鲁花赤伯颜不施

进义校尉、主簿苏忽都答儿,县尉罗璧,巡检王元济,典史陈政,儒学教谕陈从政

先师亚圣邹国公五十一代孙、承事郎、前泗水县尹孟起祖书

延祐四年丁巳

「简介」

本文录自明嘉靖三十一年(1552年)史鹗编《三迁志》卷六《碑记二》。原碑立于中庸书院,已佚。本文原题曰:"延祐四年丁巳中庸书院缗田之记。"录时年岁省略,移至文末。

子思书院学田记

王思诚

[原文]

子思书院学田记

邹之中庸精舍，即沂国公授受故址而为之者也。元贞初，邑尹司居敬始之。大德间，宋尹彰终之。宋尹又首率好事者鸠楮币二万缗，敷于邑大姓，收其子以给祭若延师费。延祐改元，刘尹遵礼虑学无田，非久长计，始割楮币一万五百二十三缗，买田一百八十五亩七分。二年，朝廷改为子思书院，设山长以司诲导。曹尹彬又割楮币七千四百二十五缗，买田二百九十七亩，募民耕佃之，岁收其入，以廪师生，仍刻田之疆畔顷亩于石阴。是后，山长曹德辉、卜习吉又相继买田十有六券，计八顷二十亩有奇。泰定丙寅，宣圣五十四代孙孔君思本来为山长。君课讲之暇，召典者稽核学资。若田租之数，悉名存实亡，率为豪右之所假贷，洎黠民之所逋负。即条列其主名，复于有司，上于袭庆府。府移文宪司，宪司符知滕州事曹铎，严督邹之官吏立期以征。时监县帖哥洎尹王思明、簿郑惟良、典史岳珪相与协力办集。未几，追已完。君又买田三券，计一顷八十有九亩。仍改募佃者，以革其弊。先是春秋祭沂国公，割楮币三百缗，君以为不足以备庶品，乃援孟氏祀邹国公例，比十杀其二，请春秋祭割楮币八百缗，朔望礼二百四十缗。上于省部，从之。由是牲币丰腆，仪物毕备。又虑其楮缗田亩久将湮昧也，乃件其数之大总，将勒诸石，俾来者有所稽。介友人泗水教谕李之质以记来请。

噫！学之有田，尚矣。洪惟我国朝尊礼先圣先师，崇学育材。自京都至于郡邑，莫不有学，而学莫不有田。皆为奉祭祀廪师生设也。况邹乃圣贤之乡，兹书院又渊源之地。苟无田以赡给之，可乎？良令长既相继筑台构室而崇修之，贤士夫复鸠赀买田以廪赡之，孔君又湔垢涴币而更新之，作者非一人，成者非一日，厥惟艰哉！抑继自今，凡宰邑者以司宋创始之志为志，庠序安有不兴者耶？职教者以孔君图终之心为心，赀业安有不殖者耶？若乃侵假欺贷，并缘为市，又岂望于后人者耶？予既为之记，复书此于末，俾来者知所警云。

天历二年二月下旬吉日

翰林院编修官王思诚记

[简介]

本文录自明成化十八年(1482年)刻本刘浚编《孔颜孟三氏志》卷六。碑刻原存于子思书院。现已毁。

加封子思为沂国述圣公制

文　宗

[原文]

加封子思为沂国述圣公制（至顺元年）

昔曾子得圣人之传，而子思克承厥统。稽夫《中庸》之一书，实开圣学于千载。朕自临御以来，每以嘉惠斯文为念。万几之暇，览观载籍，至于致中和而天地位万物育，雅留意焉。夫爵职之荣，既隆于升配；景行之懿，可后于褒嘉。於戏！有仲尼作于前，孰俪世家之盛？得孟子振其后，益昌斯道之传。渥命其承，茂隆丕绪。可加封沂国述圣公。

[简介]

本文录自清光绪十三年(1887年)刻本《重纂三迁志》卷六。文后注曰:“石刻在中庸精舍内,今亡矣。广均自《通省志》录其文。”另,明万历三十九年(1611年)刻本潘榛编《孟志》卷四记曰:“元文宗至顺二年庚午敕封子思为沂国述圣公。”记后注曰:“碑今在中庸精舍门内。”由此可知,此碑明万历年间尚存,清光绪年间已亡。至顺元年为加封时间,至顺二年(1331年)庚午为立石时间。

“暴书台”碑

杨　桓

[碑文]

暴书台

[碑阴]

暴书台碑阴记

张　铨

沂国述圣公昔居邹教孟子,此祠世传以为故庠。少西有台,崇二丈许,名曰“暴书”。台下即孟子居也。元贞间,县尹司公既创祠兴学,因加甓于是。上又立石,大揭其名。迨至元二年丙子夏六月,仆承乏是邑。易至顺二年,加封诏文于石树之日,偕邑耆儒马亨、李俨、三氏教授李元彬,登是台,司公所立者已仆且断。诸公佥曰:“宜复其旧。”乃求石摹辛泉杨公故书立之。(杨桓,字武子。元翰林承旨,曲阜人,居辛泉,自号辛泉。辛泉,即沂水地志,以为有温泉,即此也。又名逵泉,古有泉宫废址存焉。杨桓子曰克明,自号辛泉后人,能篆。尝篆“暴书台”三字。故曰求摹辛泉杨公故书立之。)

呜呼！古今一天也，圣贤一心也。二公去世虽远，其心昭然如日星之存。登是台者，覩二公之居，感二公之心，非如二公之存耶？后虽千百年，又岂非今日也。

至元丁丑夏四月朔，承事郎、邹县尹张铨谨誌。

官吏

益都路邹县达鲁花赤、兼管邹县诸军奥鲁劝农事丑□□□……

进义副尉、益都路邹县主簿王聚　罗头寨巡检明理君比

典史吕克中　司吏王仲贤　刘贞　晁元荣　吴润　郑恩□　九德又张

□书院山长□璠　山长刘伯庄　儒学教谕赵天锡　医学教谕吴之□　□□……　等儒

邹县亚圣五十二代孙、孟氏族长惟恭　昭信校尉、益都路□府□致仕卓

承务□□□……　前邹县副将韩明　邹县达鲁花赤□□□……劝农事□封从仕郎、曲阜县尹韩洞诚　具明□□□……

邹县□□儒□□□……

前山长赵守贤　□□书院山长李端明　□□□……儒□□□……□儒王文　刘沐　王义　□□　刘□　马□　李□

［简介］

本文录于原石。原石原存子思书院。1945年子思书院被毁后，砌

入书院南因利渠堤岸。2013 年筹备重建书院时出土。碑高 1.41 米，宽 0.58 米，厚 0.17 米。额梯形。碑阳篆书“暴书台”三个大字，竖排。“暴”字高 0.34 米，宽 0.17 米；“书”字高 0.31 米，宽 0.21 米；“台”字高 0.33 米，宽 0.18 米。碑阴刻文，分上下两部分。上部为记文，楷书，共 15 行，每行 15 字，字体工整。下部为“官吏”，书写较为草率，共 14 行，每行约 23 字，多漫患难识。现存孟庙后院。

元至元三年(1337)《暴书台》碑原石与拓本(2013 年出土)

重建孟母断机堂记

李　洞

［原文］

重建孟母断机堂记

道当周孔垂绝之统，而孟子生之。传尧舜授受之微，以上继列圣，下仁无穷，而母实成之。然则孟子道在其传，而孟母天属其任矣。夫以去圣人一间，未斯安行？母非陶融，属果安在？岂道传者子，道任者母，无非天耶？星去躔度几二千载，堂之所系，人谁究斯？鲁邹县旧有断机堂，《列女传》谓母断机喻先师以学不可止者。成毁相寻，仅存瓦砾。使者杨君国贤，按部及此，谒思孟庙余，登子思子曝书台，而北顾楹墟，兴感移时。时邑无尹，即廉举滕倅郝君摄其事。俾崇庙貌，将事既谨，不日告成。礼币走博士刘伯庄具状以请云："愿有记。"

予慨叹曰：道冠天地，而元气之运，人惟参赞，以成其功，尚何斯堂废兴之有与？然日久则堂之所系可知矣。载瞻载仰，启迪在中。或父兄相道以仁，母子相勖以义，绩学以勉其所未能，力行以达其所未至，海内学校所不得与者，即先师母子之教油然浃里闾以及天下。呜呼！杨君国贤其真部使者哉！是为记。君忠孝名家，宜其知所先后。滕倅博士伯庄复能知使者意，力敏斯役，亦将必有见于世云。

时至元丁丑冬十二月望日

奎章阁学士李洞记

［简介］

本文录自明成化十八年（1482年）刻本刘浚编《孔颜孟三氏志》卷六。文末署撰者“李洞”，误。录时正为“李泂”。碑刻原存孟母断机堂。已佚。

子思书院新庙之记

潘　迪

［篆额］

子思书院新庙之记

［碑文］

子思书院新庙之记

朝列大夫、前国子司业潘迪撰并书

宣圣五十五代孙、嘉议大夫、袭封衍圣公孔克坚篆额

宣圣五十三代孙、子思书院山长涣，持前国子生、今嘉议大夫、袭封衍圣公克坚书，谓曩在胶庠，获亲函丈比者。有司新崇吾三叶祖沂国公庙，焕新一新。黼黻其事，匪钜笔恐弗称，敢载拜请。迪固不肖，然艾以儒业，长以儒仕，老以儒师，孔氏徒也。矧衍圣昔尝执经成均，安敢以不敏辞？

谨按涣状，邹邑郭南之巽隅，耆宿传疑为沂国之故第。或云，邑东隙地乃子思讲堂故基。即孟子幼被母训三徙其侧就学

之遗址。元贞改元，邹尹司居敬即其址构堂四楹，曰“中庸精舍”，扁以“渊源”，中肖思、孟燕居授受之容，春秋朔望祀之。大德间，宋尹彰因扩为书院，请额设官。朝廷允之，许立子思书院，置山长一员，职视大郡校官。然地痺堂隘，前弗盈再筵。复滨因利沟，岁夏秋屡厄于水，洳洳弗能垣。分宪按治至邹，睹其湫隘，每命改筑，累政狃卑恬陋，因循讫今。

东昌邓彦礼由集贤掾来尹是邑，以兴学毓士为急。乃属耆儒曰：“夫子之道，微公其孰承？孟子之学，微公其孰启？三纲五常，万世弗紊，公之德也。率性修道，首原天命，公之功也。前代爵以上公，圣朝犹为未称，爰加美号，以旌厥实。岂不如是，不足以报德报功乎？今祀遗像于陋室，其为弗钦莫大焉。实尹与邹之诸儒责，曷改筑是图？”佥曰：“尹有是志，孰不说从？愿听命。”遂东旧堂十步，当校官厅事南，其地爽垲，视故基崇五尺许。尹乃首捐俸金，大作新庙。辇土成基，采石为垣。尹既倡首，士民乐施者或输泉币，或给菽粟，艺者献技，力者效功。凡木石瓴甓，与夫工佣之僦，直估加于时。而人莫不竞售争趋，惟恐后。每温言役民，民忘厥劳。间有惰功，弗忍刑，而人莫不悫服。其为庙三间，檐四阿，东西广为尺者二十有八，南北深为尺者二十有一，崇视深有加。贲以丹碧，轮奂炳耀。中位沂国公，以正南面师席；左侍邹国亚圣公，端冕正笏，俨然若生。又建神门为楹者四，制与殿称。外树灵星，以壮神宫。宫壖之东南，坚筑堤防夹左，以步计者六十有奇，其广六之一，崇三尺五寸。植柳以卫其岸，自是水患息。西起甬道二百步达邑之南门通衢，夏秋潦水，民不病涉。凡书院斋舍庖厨府藏颓圮弗支者，悉撤而新之。以正堂为讲所，翼东西厢为左右斋，以故讲堂洎两斋馆校官，大集弟子释奠肄业其中。是役也，经始于至正三年八月朔，落成于十有一月望。甫及十旬，大役迄工。若匪邓尹尊师重道，废寝忘食，留意于斯，奚克致此？况其廉正有守，朴实无华。为政而能急所先，以为转移风俗之机，其过人远矣。苟不纪诸琬琰，何以见书院兴建颠末，旌我贤尹拳拳是役之心乎？迪既诺衍圣之请，而又嘉山长克绍祖风，邓尹能举其职，敢不述所闻以为邹人告？

呜呼！思孟距今殆将二千年矣。遗址所在，或辽或迩。虽弗可必，要之不出于邹。邹人睹遗迹而思其人；思其人而慕其道。屋而祀之，又从而请立学设官，以淑其子弟。岂时虽有古今，而道之在人心者初无古今耶？道无古今，敢以思孟之所以为思孟者，期于邹人之子弟可乎？近代立四大书院，如白鹿、岳麓、睢阳、石鼓者，本欲讲明道义，使之通诸心，有诸身，迨其末流，率皆徇乎？俗学以发策决科为业，殆失立书院之始计，故先儒记之者每寓其讥。惟我圣朝，各处书院设置最广。若从祀十儒，濂溪、横渠等，以正学开群蒙，固无可疑。如海津之类，莫不援例设官，虽增广学校之美事，然视是书院盖不同科矣。矧吾夫子之道，如大明中天，万世攸仰。子思子实得其家学，而孟子又得其传。观《中庸》《孟子》书，则其道统绍前启后之功，岂迪妄议所能轩轾哉？学者苟能自下学之，事黾勉弗怠，以造上达之域，则自戒惧慎独，以至于位育。自尽心知性，以至于知天，不外是矣。学者必欲扣其详，自有大贤之全书在，又何俟迪言之赘？继今以往，大夫士暨邹之诸生入斯院，陟斯殿，观感思孟师弟授受之容，不惟有以兴起其良心，亦知邹尹能副圣朝褒崇之意，分宪兴举之心矣。涣居师席，丕隳祖业，能罄厥职，以淑诸生，安知异日无传道之人复见于传道之邑乎？若夫衒文藻，志功名，恐匪迪之所冀。衍圣能知愚志，不远数百里以斯文见属，是皆宜书。

至正四年岁在甲申二月壬辰朔记

益都路邹县达鲁花赤、兼管本县诸军奥鲁劝农事安童

从事郎、益都路邹县尹□□□军奥鲁劝农事邓彦礼

将仕佐郎、益都路邹县主薄李珩

益都路邹县尉李存恕

益都路邹县典史赵麟

宣圣五十三代孙、子思书院山长孔涣等立石

□□　朱继祖　徐思恭　杨荣达　秦康济

督役司吏：董文伟　杨大本

里人常士贵、常士信摹勒镌

［简介］

本文录自原石。原石原存子思祠。1945年子思祠被毁后，砌入祠南因利渠堤岸。2013年筹备重建子思祠时出土。碑总高4.52米，其

中螭首高1.30米；宽1.13米，螭首宽1.15米；厚0.34米。螭首中部篆额两行，每行4字。碑文隶书，共25行，满行76字。署名楷书。字迹清晰。碑身从中部断为两截，字有残缺。残缺字以□示之。现存孟庙后院。

元至正四年(1344年)《子思书院新庙之记》碑原石与拓本
(2013年出土)

断机堂邾国宣献夫人新像记

郑　质

［原文］

断机堂邾国宣献夫人新像记

《列女传》所载，夫人三迁以教孟子，断机以勖其学。质窃尝为之说。彼日月之昭昭，江海之浩浩，其为天地之大用者，非自为也，而为于造物。孟子承三圣，辟邪说，俾既晦之道其明如日月之昭昭，垂绝之绪其用若江海之浩浩，功及百世。先儒有功不在禹下之论者，固其所邪。由是推之，夫人亦圣人之造物欤？非若他为母者，一行一节之贤，遂登祀典，为其门生孙子思报之心未谷，不深且远矣。

邹邑巽隅，有台崇丈许，曰："曝书台"，世传为孟子故居。元贞元年，邑尹司君居敬，因建沂国公书院于左，追往意也。又台下构室，曰"断机"，思懿范也。然无神像。绵历既久，室颇摧毁。至元丁丑冬，佥宪杨君文书纳命有司重葺，经筵学士济南李君泂记之。至正四年，耆儒马亨、李元彬、李俨等，同亚圣五十二世孙孟惟让，购工人任城黄国器埏埴作像，冠服拟一品命妇，端严古雅，甚得其制。祠前与书院相通，中起墉分为二区。前别辟门宇，礼也。功毕，九月末旬吉日，邑士暨诸孙，骏奔咸集，交相抃庆，如睹生存。啬笾实豆，以牲酒致享。既竣事，命质为记。质，门生也，方主教孟祠，敢以芜陋让？乃恭为记。

质窃谓，世有古今，时有升降，天理人心未尝有渝者，性善故也。夫人懿教所施，相去今几二千载，其功益著，其德弥光，褒封寅祀，以至此之感者，非天使然耶？门生士子睹其容，感其教，怵乎靡不兴起是心者，人性之善岂非验欤？矧为子孙者，被泽之深，蒙教之远，朝夕陟降，睹而感之，宜何如哉！周旋洒扫，日严奉祀，若聆音语。有事辄告，有新必荐，笃其诚孝，其庶矣乎！(仍)[乃]作祀神乐三章，辞曰：

繄圣母兮振贤风，三徙教兮成孟公。神功默兮造物通，其流溥兮传无穷。

筑灵祠兮台之下，俨慈容兮冠佩古。锡徽封兮蔼光荣，伊千祀兮居故所。

俎豆陈兮荐时新，门生孙子罗䜣䜣，沂国书舍比芳邻，南山有夷斯无存。

时大元至正五年岁次乙酉季冬吉日

鬲津郑质撰

[简介]

本文录自明成化十八年(1482年)刻本刘浚编《孔颜孟三氏志》卷六。碑刻原存孟母断机堂。已佚。

子思书院重修率性堂记

赵景濂

［篆额］

重修率性堂记

［碑文］

子思书院重修率性堂记

前国子生、子思书院山长赵景濂撰

赐同进士出身、将仕郎、益都路□□□官李惟一书

亚中大夫、前兵部侍郎、□思诚篆

邹邑中庸精舍，即子思、孟子传道之遗址也。思孟距今余三千载，粤自杏坛教息，木铎声希。鹿鸣不歌，子衿继起。章逢者流，于是梯近径捷，往往渔声名、媒利禄。刋职教者视学校为传舍，漫不知教养为何事。至是，圣贤之道或几乎息矣。

至正四年春，余以胄子分积，中书奏闻，俾承乏书院。逮至正六年冬十一月，始即讲席。睹殿宇翚飞，丹碧炳耀，厅事宏丽，

幽邃靓深。会邑大夫士马君亨、李君俨、李君元彬谓余曰："改筑殿宇者，前邑尹邓君彦礼也。其它百废，邓君悉欲具兴。以及瓜而代，故有志而弗逮焉。已而，陈君颙来判簿兹邑，慨然以缮修为事。前山长李君辅而又赞襄，以底厥成。故厅事一新，而亦未遑它及也。"后数日，余始谒庙，佥曰：庙后有学，自古而然。今兹厅事既新，而率性堂[不]修且坏，岂职教燕居之所反完美，而讲授之地独可污漏哉！至正七年春，会阙里孔君之威来尹是邑。筮仕之初，躬谒庙貌。见百废未举，乃谂于判簿曰："君董是役，未就厥绪，我仪图之，当协力以相之也。"于是二君以身率先，而吾党之士实佐其略。亟呼卒辇土，命工庀材。勇者效力，智者献艺。而向之颠危者扶之，挠折者葺之，破缺者补之，赤白漫漶者治之。斯堂既成，美哉轮奂。文不逾侈，俭不失度。于是居诸者有舍，典庖馔者有厨。与夫灵星之门，乃作而新之，视昔有加焉。先是殿宇东偏有隙地若许，每因利之水暴涨，庙为冲激。二君亟命具畚锸者累土而筑，扩而充之，至于柳岸之侧。复夹护以周围之墙，其崇盖可嘉也。或谓：由因利以达于书院，道路卑隘，民每病涉，将若之何？二君又欲筑土以崇之，旁甃以石，俾免决坏。恐夺农时，功(需)[徐]以进。其灰石瓴甓，工佣之僦，直估于时。民弗知扰，又乌得而不趋事赴功也哉！是役也，盖经始乎六年之秋，而落成乎八年之夏。

呜呼！余谓：物之隐显，亦有其数。是学之兴，非判簿不能作之于其前，非令尹不能成之于其后。二君之缮修书院也，属岁大侵，可谓奋螳臂以当辙，刮龟毛以成毡者欤？厥既讫功，众征余文以纪其事，辞不获已，乃拜手稽首而言曰：尝谓率性之有堂，尚矣。自子思作《中庸》，始言“天命之谓性”，终言“修道之谓教”，至此而复申之以“率性之谓道”焉。盖人物之生，莫不各循其性之自然。而天命之性，不过仁义礼智而已。循其仁之性，则自父子之亲，以至于仁民爱物，皆道也；循其义之性，则自君臣之分，以至于敬长尊贤，亦道也；至于循其礼之性，循其智之性，则凡恭敬辞让之节文，是非邪正之分别，孰非斯道之所寓耶？登斯堂也，吾党之士苟能会率性之理于吾心，将见鸢飞鱼跃之机，化育流行之妙，不在于天渊之间，而又在吾目前矣。呜呼！斯道之传也，自尧舜禹汤文武周公，以至于吾夫子。迨曾子一唯之后，斯道始传于子思，子思又传于孟子。观《中庸》一书，《七篇》之旨，其所以启迪人心者，盖昭如日星也，顾不伟哉！余既重邑大夫士请，又嘉令尹判簿而有功于名教也，于是乎书。

益都路邹县达鲁花赤、兼管本县诸军奥鲁劝农事答来不花

从仕郎、益都路邹县尹、兼管本县诸军奥鲁劝农事孔之威

进义副尉、益都路邹县主簿陈颙

益都路邹县典史石守瑛

司吏：谢惟忠　邵颙　张仪　黄宗益

时至正八年岁次戊子六月朔日，前山长李辅、山长赵景濂等立石

董役司吏：魏敉　王羽翼

石匠作头常士贵刊

[简介]

本文录自原石。原石原存子思书院。1945 年子思书院被毁后,砌入书院南因利渠堤岸。2013 年筹备重建书院时出土。碑高 2.51 米,宽 1.06 米,厚 0.34 米。额梯形,篆额两行,每行 3 字。碑文楷书,工整有度。共 27 行,每行 50 字。刻工精湛,保存完好。现存孟庙后院。

元至正八年(1348 年)《子思书院重修率性堂记》

碑原石局部(2013 年出土)

卷四　明代

题曝书台

桂　孟

断机堂畔曝书台，古道经今半草莱。
试问碧梧霜后月，九霄鸣凤几时来？

[简介]

本篇录自明成化十八年(1482年)刻本刘浚撰《孔颜孟三氏志》卷之六，题目为编者所加。

桂孟，明江西广信人。洪武元年(1368年)任邹县知县。在职约三年。

孟母断机祠赞

邓原忠

[原文]

孟母断机祠赞

邹县丞邓原忠　撰

古有胎教，实谨厥初。生焉而长，学可缓欤？学也有师，古训是式。日就月将，允有令德。懿惟孟母，克教厥子。始而三迁，慎厥攸止。贤哉子舆，孔孙是师。师训惟谨，母言敢违？母也惟贤，断机以喻。中途辍学，曰犹此故。断机图绪，学辍曷成。缉之熙之，底于光明。人谁无母？克教者稀。间或有焉，孰喻以机？父而教子，且有未至。矧为母者，罕闻于世。有母若孟，厥子乃贤。有子若孟，母德著焉。知言养气，亦克允蹈。教明性学，治阐王道。人心斯正，杨墨斯辟。三圣是承，允矣完绪。著书七篇，垂训远而。不有贤母，曷克若兹。峨峨峄山，钟灵发祥。曰古邾国，苗裔其昌。断机有碑，曝书有台。肯构肯堂，期再后来。矢我厥词，铭于坚石。世为母者，是效是则。

孟氏宗子思谅谨立石。

[简介]

本赞录自明嘉靖四年(1525年)刻本《新修兖州府邹县志》第三卷。另见清雍正本《三迁志》卷十一。碑刻原存孟母断机祠。已佚。

孟母断机图

吴　能

[原文]

国朝洪武四年辛亥孟母断机图

传称三迁之教久矣。今观是图,益信其母之贤也。盖子非母不能成如是之学,母非子不能显如是之名。子之圣由母而成,母之贤由子而著。此七篇之书所以继往圣而开来学者,实由母之一喻启之也。岂后日之仗剑剪发者可以同日而语耶!

洪武四年辛亥,进士、姑苏后学吴能敬题。

[简介]

本文录自明嘉靖三十一年(1552 年)刻本史鹗、费增编《三迁志》卷六。碑刻原存孟母断机祠。已佚。

故宅残石

秦　缵

[碑文]

□……学　书

□……思谅　守奉

□……故宅

□……史　秦缵　立石

黄让　刊

[碑阴]

□……古有胎□……适有知□……之是教□……信乃买□……以食之□……学遂□……

□……断机劝□　（篆书）

孟子之少也，既学而归，孟母方绩。问曰："学所至矣？"孟子曰："自若也。"孟母以刀断其织。孟子惧而问其故。孟母曰："子之废学，若吾断斯织也。夫君子学以立名，问则广知。是以居则安宁，动则远害。今而废之，是不免于斯役，而无以离于祸患也。何以异于织绩而食，中道废而不为，宁能乡乡……女乡乡乡……以告之此请也。

五十四世宗子孟思谅乡乡

[简介]

本文录自孟庙原石。原石现存孟庙寝殿后，已残为多块，仅存下部两块。拼接后，最高处0.68米，最宽处为下部，0.71米，厚0.14米。中部为大楷书"故宅"等字。字径高0.17米，宽0.20米。笔划雄劲浑厚。两侧为小楷书题名。左侧两行，共6字；右侧两行，共8字。

碑阴刻字分上、下两部分。上部为6行中楷书，每行仅残存3字。中部一横行篆题，下部小楷书《列女传·孟母》断机篇，共20行，每行10字。石面因残缺并剥落，多数字难识。从12行之后又被人工逐字砸凿，已不见字痕，故以乡乡乡……示之。

捐俸重修宣献夫人庙记

王　亨

[碑文]

予生长于古吴之昆陵，幼尝读公七篇书，知公立言垂训之大旨。然性质不敏，未能尽窥公之精蕴，每恨弗获生于彼时也。今年夏五，奉命来佥山东宪。冬十二月丁丑，予以王事及参议康公从监察御史苗公如滕，己卯过邹，道经公庙，事严，弗果谒。越三日壬午，事卒，还自滕，始得相率入庙而展拜焉。恭睹仪像，生气犹存，使人不能不为之兴起。及访公母宣献夫人庙，岁久倾颓，不复修建。予仰而慨然曰：噫！公之学虽成于洙泗师友之传，实本于三迁慈母之教。今公享祀有庙，而母栖神无所，甚失报本追远之意，岂不深可惜哉？于是各捐己俸，命有司募工，仍其旧址而更新之。且俾五十四代孙思儒暨伊侄克仁董其事。二公咸谓予曰："此举有关于世教，子不可以不志。"予固辞不获。因悉次是语，俾刻石庙右，以纪岁月云。

承事郎、巡按山东监察御史苗秀

朝列大夫、山东等处承宣布政使司右参议康民远

奉议大夫、山东等处提刑按察司佥事王亨述

洪武贰拾捌年正月　日立

[简介]

本文录自孟庙原石。原石现存孟庙启圣殿院甬道东侧,西向。高0.80米,宽0.63米,厚0.17米。碑身较小。额为梯形。碑文楷书,共19行,每行21字。石面虽有明显风化,但字迹无损。

子思书院文

房　嵓

[原文]

昔者子思传圣人之道,立学在兹。而贤母教子三迁,遂就舍其旁。故子能因其教而成大贤,母亦因其子而有令名。是以遗迹尚存,而沂国述圣公庙建焉,邾国宣献夫人断机堂立焉。但以邻墙既久,而门未之以立,有缺观瞻。嵓奉上命,忝知是邑,立意年久,未克是遂。今于正统二年春,乃与同寅共兴其事。楼门既成,事可以记。嵓性不敏,学读圣贤书,非敢以毫末之微力辄书于墙壁。惟以纪其岁月,以俟后之君子将有大作者焉。故并系之以颂曰:

庙貌巍然兮壮观文邦,以贤择贤兮故宅在傍。古今崇重兮有石文章,今兹新门兮画栋雕梁。飞檐耸翠兮众所观光,表出贤迹兮三迁之坊。林木森森兮万代流芳,愿言永固兮世世无疆。

正统二年春三月良吉

邹县知县房嵓谨书记

［简介］

本文录自明成化十八年(1482年)刻本刘浚编《孔颜孟三氏志》卷六。原文未署书记者。故据嘉靖三十一年(1552年)刻本史鹗、费增编《三迁志》卷六所载本文补之。碑刻原存子思书院。已佚。

重修断机堂塑像记

裴 侃

[原文]

重修断机堂塑像记

邹邑为鲁礼义邦，实邹国亚圣公所生之地。世传曝书台次即其故居。先是元邑宰司君居敬创建沂国公书（此处疑有脱简）讷命有司葺之。至正间，耆儒马亨、李俨、李元彬偕五十二代孙族长孟惟让，购工塑夫人像，为一品命妇之制于中。然堂宇之创，病于湫隘，凌于风雨。像塑之设，掩于尘坌，久则剥落。大明洪熙元年，房侯来尹是邑。下车祗谒，顾瞻慨叹，久之曰："是不可不改为也。"越明年，政通人和，废坠毕举。遂召邑之士夫暨孟氏族而告之曰："名教之设所当先，兹不可缓矣。"捐己俸以率之，鸠工积财。撤堂宇而广之，饰旧像而新之。经始于正统四年春，告成于是年之秋。由是栋宇宏丽，新庙翼翼，于以称瞻仰。像设整饰，容仪严雅，足以起敬思。邑之大夫，孟氏子孙，莫不稽首胥庆曰："吾侯崇奉先哲，予惠吾民，吾邑何幸哉！"既乃择日洁牲醴，率虔告享。竣事已，五十四代孙族长孟思儒不没侯之功，来求记于予。

窃惟豪杰之才挺生七国争雄之时。圣王不作，处士横议。杨墨之道不息，圣人之道不行。天下贸贸焉，莫知所之，人欲肆而天理灭矣。公攘剔异端，扶植正道。尝答公都子好辩之问曰：我欲正人心，息邪说，距诐行，放淫辞，以承三圣。使万世永赖，不在禹下者，其功何如哉？原其所自，由母夫人三迁致蒙养之正，断机成学行之笃。故集义、养气之旨足以开后学，性善、尧舜之说足以破群疑。圣道之传，千载犹一日。虽曰公之功，实懿训之力也。噫！非母无以成其子，非子无以尊其母。此庙祀之崇，像设之严，匪今斯今振古若兹者，以其天理在人心者不泯，良有自也。今房侯有君子之德，推抚字之心以为邑。又能崇尚道学，敦教化俗，克继前轨。适骏旧观，以崇祀事。可谓能扩充是心而知所先务者欤！允宜志之坚石，以告来者。侯名嵒，字鲁瞻，滑台人也。

孔颜孟三氏教授司教授、清江裴侃撰

正统四年己未

［简介］

本文录自明嘉靖三十一年（1552年）刻本史鹗、费增编《三迁志》卷六。原题为“正统四年己未重修断机堂塑像记”录时将“正统四年己未”移至文末。

“予惠吾民”句中之“予”字，原文作“子”，有误。“竣事已，五十四代孙族长孟思儒”句中之“五”字，原文作“丑”，有误。均据明嘉靖四年（1525年）刻本《邹县志》正之。

重修子思书院记

许　彬

［篆额］

重修子思书院之记

［碑文］

重修子思书院记

赐进士、行在翰林院修□、□林郎、同修国史、宁阳许彬撰

中顺大夫、山东等处□□□□使、睢川王裕书

□□将军、山东都□□□都指挥、佥事□中□□□篆

鲁之邹邑孟子故宅之侧，旧有子思书院，即当时传道之所。岂子思之邹时所建邪？历岁滋久，遗址仅存。元元贞初，邑大夫司居敬徙置于孟子暴书台西，与孟母断机祠□□□。至正中，邑尹邓彦礼、孔之威复相继修之。永乐中，邑令朱瑶又徙置暴书台东，与断机祠相直。距今三十余年，寝用圮坏。

今为邑者得铜台房侯嵓，慨然有志乎圣贤之事，而以兴举废坠为心。乃率僚属出俸金構材僦工，经营弗懈。木斫而已不加雕，墙圬而已不加饰。墄阶以石，幂窗以纸。衣冠像设，俨然授受之容。其所以启发乎后学者多矣。是工也，盖经始乎正统己未之春，而落成乎明年之夏。噫！若侯者其用心亦勤矣哉！

工既成，会予以省觐还宁阳，拜谒阙里。宣圣五十九代孙、袭封衍圣公彦缙，五十八代孙、曲阜世职知县公堂，五十五代孙、三氏学录克晏，谓予官翰林，以文字为职业，命记其事，刻石以彰侯功。予惟崇儒重道，兴废补敝，乃长民者之首务。近时有司迫于簿书期会，奔走之奉承且不暇，又孰能留意于此哉？此侯之所以崇尚前圣，嘉惠后学，异乎他为邑者远矣！虽然思孟道统之传功德在天下，灿然如日星，与天地相为悠久，其配享庙庭，血食万世，固不系乎兹堂之成否。而君子之为政，轻重缓急不忘所自者，于此乎见矣。予故特书之，将以愧夫世之仕者读圣贤之书而忘其所自者也，且重诸公之命书以传焉。

正统六年岁在辛酉冬十月十三日

袭封衍圣公孔彦缙等立

[简介]

本文录自原石。原石原存子思书院。1945 年子思书院被毁后，砌入书院南因利渠堤岸。2013 年筹备重建子思书院时出土。碑高 2.00

米，宽1.01米，厚0.29米。圆额，篆额4行，每行2字。碑文行楷书，共20行，每行34字。周围有连枝花纹。碑身从中部断为两截，上部石面脱落，文字多不可识。整碑字口较浅，难以辨认。残损难识字以□示之。现存孟庙后院。

明正统六年(1441年)《重修子思书院记》

碑原石与拓本(2013年出土)

重修孟母断机祠记

许　彬

［原文］

天顺五年辛巳重修孟母断机祠记

孟母断机祠在邹县城东南隅，曝书台西，东去子思书院仅百步。自前至今，其兴废补敝者不知其几也。永乐、宣德中，知县朱瑶、房嵒相继重修，逮今又坏。县丞宋融景仰贤范，志欲修复。乃捐俸金，构材庀事。而同寅侯服、李真、马镛亦皆以赀来助。乃撤其旧而新之。祠为间者三，为楹者七。架丹垩于杇镘，饰金碧于栋宇。彩章炳焕，像设俨然。乡人老稚过之者莫不瞻拜敦礼，赞宋公之用心而兹祠之再遇也。工既告成，亚圣公之五十六代孙希琏，来征言为记。

予惟天下古今，称母道之贤，能成其子之志者，不曰陶母、柳母，则曰孟母。然陶母剪发延宾，柳母丸胆教子，固善矣。而其子之成不过跻显位而已。岂若孟母断机，饬厉其子，卒传道统，有功于天下后世也。观其距杨墨，辟异端，闲先圣之道，功不禹下。先正论之曰：禹之功不过救民之生，孟子乃能正民之心。苟心有不正，虽生何益哉？此孟子之所以有功于天下后世也明矣。

考之孟子自少失怙，赖母仉氏全妇道于四德，本母教于三迁。随事规戒，习与性成。长师子思，有所造就。尝与门人公孙丑、万章之徒述孔子之意，作为《孟子》七篇，以为后学阶梯。初游学齐梁之间，未成而归。母怒，引刀趋机断之曰："是织也，累丝成寸，积寸成尺，如斯不已，遂成丈匹。子之废学，得无似之乎？"孟子惧，而复出就学，遂成大儒。卒以亚圣之功配享庙庭，而与天地相为悠久也。

观其子之功，因其母之贤之在人心者，讵可一日忘之哉？此断机之祠所以建，而予文之所以作也。宋丞之用心亦勤矣哉！宜希琏请文以彰之也。书其事以告于邹鲁之人，岂特为其子孙劝，将以为天下后世为人子母者劝焉。

赐进士、陕西参知政事、前礼部左侍郎兼翰林院学士、知制诰、宁阳许彬撰文

中顺大夫、兖州府知府、降郡郭鉴书丹

宣圣六十一代孙、袭封衍圣公孔弘绪篆额

天顺五年辛巳

亚圣五十六代孙、翰林院世袭五经博士孟希文立石

［简介］

本文录自明嘉靖三十一年(1552年)刻本史鹗、费增编《三迁志》卷六。碑刻原存孟母断机祠。已佚。

三迁教子

刘　浚

孟氏三迁宅已荒，至今犹说断机堂。
丝成交匹勤方得，身入芝兰久自香。
俎豆容仪非贾衒，经纶事业岂寻常。
母贤子圣谁能似？故里千秋尚有光。

［简介］

本篇录自明嘉靖四年(1525 年)刻本《新修兖州府邹县志》卷一。

刘浚，明浙江永嘉人。乡贡进士。约成化九年至十八年(1473 ~ 1482 年)任邹县儒学教谕。

孟母断机堂

刘 浚

邹人道学重千年，应赖当时母氏贤。
试问曷来机不断，孔门遗绪竟谁传？

[简介]

本篇录自明嘉靖四年(1525年)刻本《新修兖州府邹县志》卷三。

题曝书台

刘　浚

沂国书台何处寻？邹城南面对寒林。
千年道在人应远，一代碑流迹已沉。
世换任从蝌蚪废，功成不计蠹鱼侵。
可怜索隐终何用，谁识中庸万古心？

［简介］

本篇录自明嘉靖四年（1525 年）刻本《新修兖州府邹县志》卷三。

中庸精舍

刘 浚

邹鲁当年道欲终，天教思孟擅高风。
一区精舍环青草，百尺书台倚碧枫。
杨墨已箝三寸舌，桓文休数片时功。
鸢飞鱼跃今犹古，千载苍生入彀中。

［简介］

本篇录自明嘉靖四年(1525年)刻本《新修兖州府邹县志》卷一。

中庸精舍

刘　浚

道学相传有自来，古城幽处筑书台。
发明性命玄微理，千古须知述圣才。

［简介］

本篇录自明嘉靖四年（1525 年）刻本《新修兖州府邹县志》卷一。

三迁教子

顾　俊

命世天生岂偶然，慈亲蒙养教为先。
三迁学舍依归重，独断机丝戒喻拳。
论议七篇推至理，尊崇亚圣冠群贤。
义方懿行昭青史，往古今来百代传。

[简介]

本篇录自明嘉靖四年(1525 年)刻本《新修兖州府邹县志》卷一。

顾俊，明姑苏人。景泰三年(1452 年)任邹县县丞，成化年间调任滕县县丞。

中庸精舍

顾　俊

精舍萧条古木疏，鲁邦述圣息心居。
惟忧道学千年失，故著《中庸》一卷书。
义本精微原有自，诚为枢纽理无余。
当年孟子曾亲炙，师弟遗风蔼今誉。

［简介］

本篇录自明嘉靖四年(1525年)刻本《新修兖州府邹县志》卷一。

三迁教子

廖　海

圣母当年用意诚，移居择里正频频。
筑埋贾衒非居子，俎豆周旋足可人。
割断机丝期勉学，慈谋市脯养天真。
昭昭青史垂彝范，慕义闻风率土滨。

［简介］

本篇录自明嘉靖四年(1525年)刻本《新修兖州府邹县志》卷一。廖海，明江西泰和人。成化年间任滕县儒学教谕。

中庸精舍

廖　海

环堵萧萧远市廛，先贤曾此事摩编。
台荒岁久归辽雁，树古秋深噪暮蝉。
鱼跃鸢飞皆性理，民彝物则总天然。
来今往古遵王道，孰敢纤毫少倚偏？

［简介］

本篇录自明嘉靖四年(1525 年)刻本《新修兖州府邹县志》卷一。

中庸精舍

胡　选

异端崛起忽如蜂，正道当时渐失宗。
惟有圣孙忧最切，一间精舍作中庸。

［简介］

本篇录自明嘉靖四年（1525年）刻本《新修兖州府邹县志》卷一。胡选，明成化十三年（1477年）任邹县儒学训导。

三迁教子

叶　聪

城南旧宅古台滨，孟母当年此卜邻。
一醮由来思教子，三迁应为欲依仁。
荒宅历历嫌山僻，浮利喧喧厌市廛。
不向宫墙定居止，孔门传道已无人。

［简介］

本篇录自明嘉靖四年（1525年）刻本《新修兖州府邹县志》卷一。叶聪，明浙江永嘉人。

中庸精舍

叶　聪

天下滔滔论寂虚，就中谁复识鸢鱼？
沂邹授受无多语，今古《中庸》一卷书。

[简介]

本篇录自明嘉靖四年(1525 年)刻本《新修兖州府邹县志》卷一。

登谒断机堂

叶　聪

行行出城南，幽胜纷感触；
三迁已无人，空堂枕城足。
堂前玉树长，堂北萱草绿；
悠悠思孟轲，母德温如玉。
机丝虽已断，道统于焉续；
谁为阿母慈？戚戚恩意笃。
偏爱不知劳，乳食生鸩毒；
所以古敬姜，荒淫戒文歜。
歜乎亦何为？终成敬姜哭；
何如断机娘，殷勤发良勖。
遗子命世才，高攀孔颜躅；
异教归扫除，遗风洒末俗。
我生千载后，举颈遥相瞩；
登堂一叹余，狂歌写心曲。

[简介]

本篇录自明成化十八年(1482年)刻本刘浚撰《孔颜孟三氏志》卷六。题目为编者所加。

曝书台题咏

叶　聪

临高台，临高台，古人踪迹生苍苔。
苍台白石空复尔，古人虽亡心不死。
中庸一字值千金，分明如见当时心。
当时纷纷异端起，圣人不作谁能止？
子思突起前圣孙，大开吾道驱妖氛。
手扶天地数十岁，前已无人后无继。
坐将巨笔挥天扬，星宿日月归文章。
《中庸》作成欲谁托？独立书台望寥廓。
致君尧舜非无才，凤凰一去何当回？
有时摊书向台上，烈日争光九千丈。
政悲四海空无人，岂知有子居西邻。
西邻阿轲凤凰子，翩翩随母西邻里。
忽然举翮上书台，衔得《中庸》归去来。
传经心事亦已足，一统千年道相续。
我今怅望书台空，长歌一曲万里来天风。

[简介]

本篇录自明成化十八年(1482 年)刻本刘浚撰《孔颜孟三氏志》卷六。题目为编者所加。

三迁教子

廖　森

今古谁知孟母贤，殷勤教子地三迁。
养蒙肯使为屠贩，学礼宁教戏豆笾。
一旦功夫私有淑，万年道统果能传。
看来作圣皆由此，尽说天生未必然。

［简介］

本篇录自明嘉靖四年(1525 年)刻本《新修兖州府邹县志》卷一。廖森，明江西泰和人。

中庸精舍

廖　森

道统传来已有年，伊谁筑室启摩编？
平常道理虽容易，费隐工夫总自然。
台榭犹存春寂寂，门墙如旧草芊芊。
莫言久矣民能鲜，万古相承在圣贤。

［简介］

本篇录自明嘉靖四年（1525年）刻本《新修兖州府邹县志》卷一。

题孟母断机堂

朱　禋

亚圣当年齿尚孩，三迁家近曝书台。
夫人不断机中素，那显经纶命世才。

［简介］

本篇录自明成化十八年(1482 年)刻本刘浚撰《孔颜孟三氏志》卷六。

朱禋，明太仆寺丞。

曝书台

朱 禋

古今载汗简，结绳贯其首。
竹签蘸漆书，字迹成蝌蚪。
韦编昔三绝，兹事传万口。
子思继圣传，岁月殊未久。
不应其所读，易纸而易朽。
高台虽旧基，疑信将奚究。
临风自沉思，是也或还否？

[简介]

本篇录自明成化十八年(1482 年)刻本刘浚撰《孔颜孟三氏志》卷六。

孟母墓祠赞

马　誉

贤哉孟母，性行异常；
禀心贞洁，守己端庄。
乡居邹邑，处邻惟良；
三迁之教，千古名香。
历代奉祀，血食庙堂；
子为亚圣，配享素王。
母子之道，千载弥光；
后为母者，闻风激昂。
咸知训子，教之义方；
敬慕作赞，勿诮斐狂。

[简介]

本篇录自明成化十八年(1482年)刻本刘浚撰《孔颜孟三氏志》卷六。

马誉，《赞》题下署曰“定斋马誉”。其它不详。

题曝书台

汪舜民

王事东游因访古，曝书台上试登临。
台高休问何人筑，书在须求述圣心。

[简介]

本篇录自明成化十八年(1482 年)刻本刘浚撰《孔颜孟三氏志》卷六。题目为编者所加。

汪舜民，明婺源人，字从仁。成化进士。由御史累迁右副都御史，抚治郧阳。

断机堂

章　忱

[石刻文]

断机堂

纷纷功利说当年，立教何如孟母贤。
卓荦有怀超万古，辛勤无计却三迁。
机丝在织缘谁断？道学将湮自此传。
下马绿阴来展拜，空堂风月尚无边。

弘治元年九月吉旦
赐进士第、承德郎、太仆寺寺丞、会稽章忱拜书
邹县知县陈辅勒石

[简介]

本诗录自孟庙原石。原石现存孟庙致严门外东侧北壁。高0.59米，宽0.59米。楷书工整，共12行，每行9字。周有双线刻类卷云纹饰。保存完好。

中庸精舍

章　忱

[石刻文]

中庸精舍

曾虑斯文失正传,故将心法托遗编;
至今留得经行处,夜夜虹光烛斗躔。

弘治元年九月吉旦
赐进士第、承德郎、太仆寺寺丞、会稽章忱拜书
邹县知县陈辅勒石

[简介]

本诗录自孟庙原石。原石现存孟庙祧祖祠门前廊下西壁,东向。高 0.57 米,宽 0.63 米。诗文楷书,颇工整。共 9 行,每行 8 字。周有阴线刻卷云纹饰。保存完好。

谒子思书院

谢汝仪

杏坛遗迹总昭嘉，底事编摩到水涯。
造物早为斯道虑，默将统绪寄邻家。

[简介]

本篇录自明万历三十九年(1611年)胡继先修《邹志》卷三《诗歌志》。

谢汝仪，明鄞人，字国正。正德进士。官至江西按察使。

行县至郝城有作(三首)

张　意

[石刻文]

行县至郝城有作,识仰止云。

致君尧舜七篇中,其奈齐梁不叟庸。
气象岩岩昭庙貌,穹碑高并峄之峰。

手授《中庸》道一编,斯文正印属真传。
暴书台古怀贤立,尼阜云生势欲连。

千载传闻孟母贤。三迁遗迹古城边。
观风何幸一瞻拜,俎豆溪毛共涧泉。

嘉靖己亥十月望后一日
余峰张意漫书
县丞杨琇重录立石

[简介]

本诗录自孟庙原石。原石现存孟庙致敬门外侧东壁。高 0.37 米,宽 1.11 米。楷书,共 17 行,每行 8 字。周有卷云纹饰。保存完好。

谒述圣祠

刘　相

[原文]

三河刘相

哲人梦奠几何年，会见仙源世泽延。
一卷《中庸》承祖训，七篇仁义赖师传。
铎声嗣续家声重，洙水浸淫道流绵。
企仰高风祠下拜，遗容寂寞草凄然。

[简介]

本篇录自明万历三十九年(1611年)刻本潘榛编《孟志》卷五。刻石原存述圣子思祠。已佚。

刘相，明顺天三河人，举人。嘉靖三十四年(1555年)前后任邹县知县。

孟母祠

甘　茹

恤纬灯残风雨多，断机堂冷奈儿何？
七篇织就天丝锦，羞杀苏家六国梭。

［简介］

本篇录自明万历三十九年(1611年)刻本潘榛编《孟志》卷五。

甘茹，明富顺人，字征甫。嘉靖进士。历官山东按察使司副使。

曝书台

甘　茹

邹鲁斯文此大观，曝书台迥日三竿。
仲尼去后秋阳在，无奈人心易十寒。

[简介]

本篇录自明万历三十九年(1611年)刻本潘榛编《孟志》卷五。

重修书院记

章时鸾

[原文]

邹县南门之东,为子思祠、孟母断机堂,旧传思孟传道之地也。后人因之建祠立台。虽代有沿革,时有兴废,其规制勒诸石、载之版者有可考识。迨至我朝嘉靖元年,巡抚山东都御史陈公凤梧,始从而扩大之。后三十三年间,岁值凶歉,有司不为防守,四方流寓之人践陵侵毁,所余者基址名义而已。

四十年,时鸾来知县事。拜谒之余,恻然不宁,将欲渐次修理。适浙江巡抚都御史赵公炳然赴总督戎政之召,见其工费浩大,遂捐俸三十金以助之。不越岁而功告成。曰子思祠、断机堂、率性堂、中庸精舍,遵旧制而修葺者也。曰修道堂、慎独斋、中和堂,推本中庸之义而创立者也。今师儒肄业于其中者四十人,相与请曰:“惟兹祠堂,其废久矣。赖赵公之功,焕然聿新。视旧制又过且备,可无以记其事乎?”鸾不获辞,乃为之记。

复告之曰:天地设位,万物化生,必有所以主宰之者,太极之理也。此理赋于人,则为五常之性;见于行,则为五伦之道;散于天下,则为万物之宗,万化之纪。得之则治,失之则乱。存之则为君子,悖之则为小人。是诚不可须臾离者也。然道不虚行,寄之者圣贤。尧舜禹汤文武在上,则其道行。故时为时雍,风动为平成,允殖为永清,咸和犹之一元磅礴而万物忻悦于其间也。时至春秋,气运否塞。孔子有其道而无位,故与群弟子日相授受。而子思独得其宗。《中庸》一书,首言"天命""率性""修道",见道之原于天也;次言"戒惧""慎独",见道之弘于人也;终言"致中和""天地位""万物育",见体道之极功,而尧禹舜汤文武之事业备矣。时有先后,道无古今。后之学者可不顾名而思义乎?其居"慎独"之斋也,必察一念之所从起,或天理或人欲,则扩充之遏绝之,必使由微而至著,毋使潜滋而暗长也;其居"修道"之堂也,必察日用之所常行,或太过或不及,则品节之修饰之,必使大中而至正,毋使邪曲而偏戾也;其居"率性"之堂也,必以明觉为自然,以有为为应迹,顺而行之,举而措之,毋窒碍固滞,毋矫揉造作也;其居"中和"之堂也,必自未发之前以及应物之处,无一念之杂,一息之间,静与天地同体,动与天地同用也。幸而达之在位也,则为上为德,为下为民,而尧舜君民之志必见诸行事之实。不幸穷之在下也,则敦笃伦理,轨范后学,而孔孟传授之旨必体验于身心之间。如是则大地付予之理,不亏圣贤垂教之言,不悖赵公作兴之意,不孤而鸾一念修崇之志。亦于是乎,其有终矣。若或群居终日,言不及义,与夫操笔砚工文词,以为希世取宠荣身肥家之计,则不惟子思、孟子之罪人,而亦赵公之罪人也。岂鸾之所望哉,岂鸾之所望哉!

赵公讳炳然,别号剑门。四川剑州人也。学者亦当知所自云。

[**简介**]

本文录自明万历三十九年(1611年)潘榛编《孟志》卷四。文后注曰:"章又于断机堂、子思书院各设门子一名,人工食岁二两,司洒扫启闭之事。万历丙申邑令革去之。是时,又有教谕连尚清撰《修子思书院记》,文存不录。"标题与作者原文未单独列出。录时据本文内容所加。碑刻原存子思书院。已佚。

重修书院记

连尚青

［篆额］

重修书院之记

［碑文］

重修书院记

邹县儒学教谕、山西榆[社]县连尚青撰

训导、直隶如皋县王□言书

直隶永平府胡□朴篆

邹邑东南隅，子思传道之处，孟母三迁之居，建祠设像其来尚矣。我朝雅尚儒术，崇德报功，礼制视前有加。然岁月经久，无不废坠。嘉靖元年，巡抚陈公始大轮奂，一时□士游[息]于是者殆济济焉。迄今四十余年，殿宇潇条，门垣颓败。几经绅君子见其肖貌暴露，靡不尽伤。

至壬戌岁，青阳章公来宰是[邑]，拜谒庭下，触目激中，□□

叹曰:“圣贤之地若此,心宁忍乎?”既而曰:“兴作之道,足食为先。”于是省刑薄敛,节费裁冗,劝农课桑,开荒树枣。□何讼理政平,民安物阜。遂分命二侯王岐山、运幕陈观山,纠工抡材,卜日经营。□□子思殿、断机堂及庖厨库室俱朽敝弗堪,公整饰如初。殿后率性堂五(盈)[楹],仅存遗址,聿新其旧。中庸精舍三楹,前此创□,祗为牧放,公不惟重建,且增所未备。又于精舍两翼,各缮一区,面皆南向。左右厢房,门闼出入,皆如率性堂制,曰“修道”“存心”。左有台丈许,□□二圣暴书于上,亦就□朴复,砌以砖礎,绕以栏栅。台后创建一斋,三楹,题曰“慎独”。门外东西各竖一坊,以为瞻表。坊下溪水环流,通因利桥而西。恐断岸崩□,下甃以石,上植以柳。凡此皆亲诣指授,日每数次,不惮其烦。若诸色工价,里甲无分毫科索之扰;土木板筑,街民无时刻借助之劳。适兵部尚书、剑门赵翁□其事,降金以助之。自是革斯翚飞,丹雘掩映,为吾儒之所快睹。□简阅庠,分集其处,朝夕讲论。俾勿废业,仍割腴田五十亩,岁入其租,用充供具。旋为补□□□金募匠,刊《大学衍义》等书,以为世守。公为善之,□□□□□为何如哉!

兹者工竣,本邑致仕豫斋张咸亨等,感公尊礼往哲,嘉惠后学,来征予言,以志于石。予曰:“尧舜之道,大成于夫子;一贯以传,得宗于曾氏。自大梁木折而微言绝,异端起而大义乖,使非子思得于曾子,口传心受之余,吾不知为何如耶!幸而讲明于是,性道教之各义炳如日星。所以来孟母迁居于兹,启亚圣七篇之论，崇正辟邪，觉万代之聋瞶者，良有以也。是诚道统渊源，圣学根本，不容一日而泯者。章公有以维新之固，所以建不世之功，而□□无穷矣。□士之□于中者，岂惟进修有地，而实师资有人，□以圣贤之学为学焉。羽翼六经，扶持正道，有莫大□休也科第云乎哉！若曰徒为观美，群居终日，不但有负于孔孟之乡，亦负于章公者多矣。斯焉取斯。

公讳时鸾，号孟泉。未冠登南畿乡荐。尹邹数载，一无所私。公督浚新河，功绩奏闻，特为首称，大擢立待。故豫为之记云。

铭曰：峄山苍苍，利水泱泱；惟邹盛地，□□□□。□奂在昔，摧毁于斯；仅存遗址，彼黍离□。幸□贤公，振起颓风；竭力营建，圣门有功。哲人不作，□□先觉；鸢飞鱼跃，今见活泼。既修且完，藉租有田；厥绩伟矣，万代永传。

文林郎、邹县知县章时鸾　致政张咸亨　□□郭密

迪功郎、邹县丞王光裕　序班王一德　典史陈举　监生：朱了厚　张力德　董世宦　焦世亨　赵絮　张瑚　杨一元　王宗儒

翰林院世袭五经博士孟公紧　司礼赵潭

郏城驿驿丞李良□　界河驿丞　阴阳训术徐介　医学训科张表稔　典膳官李三在

生员：韩从夏　惠康成　路诏　朱珩　田纯　周邦仕　郑道　潘纲　刘珍　秦仰□　巩尚仁　张璐　张廷美　李应奎

刘梦易　王思智　赵实　崔守□　薄□　常□□　王扐谦

贾中道　张良　张珂　吴廷貌　谢大纲　李□□　侯桂

邹耆:韩从周　刘尚文　吴守靖

工房吏温景泗　书手张世林

督工老人:张禄　赵东周

石匠:梁厚　梁卿

嘉靖四十五年岁次丙寅五月吉日立

[简介]

本文录自原石。原石原存子思书院。1945年书院被毁后,砌入书院南因利渠堤岸。2013年筹备重建书院时出土。碑高2.40米,宽0.95米,厚0.24米。篆额共3行,每行2字,两侧有双凤云纹。碑文楷书,共25行,每行61字。碑文后附相关人名,文字较小,每行字数不等。碑文四周有阳刻大朵类牡丹花纹。碑身从中间斜断为两截,残断处文字有损。下部有一斜线,字迹难识。残损难识字均以□示之。现存孟庙后院。

谒孟母祠

徐　炳

教子辛勤断织丝，古来慈母却严师。
孔门不绝如线绪，延续绵绵在此时。

［简介］

本篇录自明万历三十九年(1611 年)刻本潘榛编《孟志》卷五，题目为录者所知。

徐炳，明海宁人。在孟庙石刻中曾自署“改亭山人”。

曝书台

徐　炳

两楹梦奠泰山颓，继统还须命世才。
皓皓秋阳千古在，至今长照曝书台。

［简介］

本篇录自明万历三十九年（1611 年）刻本潘榛编《孟志》卷五。

曝书台题咏

韩世能

秋阳皓皓宫墙近，吾道中天万古辉。
勤曝贤孙弘祖德，幸哉私淑得归依。

［简介］

本篇录自明万历三十九年（1611 年）刻本潘榛编《孟志》卷五，题目为编者所加。

韩世能，明长洲人，字存良。隆庆二年（1568 年）进士，选庶吉士。历任侍读、祭酒、礼部左侍郎、教习庶吉士。

谒子思书院

韩世能

圣学传心不在多，韦编三绝又如何？
孙能念祖时中脉，揭出微言永太和。

［简介］

本篇录自明万历三十九年（1611 年）胡继先修《邹志》卷三《诗歌志》。

昭告于邾国公宣献夫人文

钟化民

[篆额]

大　明

[碑文]

维万历十八年岁次庚寅二月癸酉朔月七日己卯，巡按山东监察御史钟化民，敢昭告于邾国公宣献夫人仉氏曰：

子之圣即母之圣，妻之圣即夫之圣。不有三迁之教，孰开浩然之圣？人生教子，志在青紫；夫人教子，志在孔子。古今以来，一人而已。为丈夫者，瞻对慈颜，安可不奋然独往，必求至于孔子。尚飨！

兖州府知府易登瀛、邹县知县王自谨同立

[简介]

本文录自孟庙原石。原石现存孟庙孟母殿前甬道东侧，南向。高2.55米，宽0.79米，厚0.20米。大楷雄劲有力，刻工亦精。共8行，每行25字。篆额及碑文周围均阴刻卷云纹饰。字迹完好。唯左下角碑石有缺，但与字无涉。

谒孟庙示诸生

李化龙

[碑文]

谒孟庙示诸生

日游孔氏林，今登孟氏堂。
朱扉临广路，桧柏参天长。
再拜瞻遗容，岩岩气轩昂。
念昔战国初，多歧叹亡羊。
仪秦恣捭阖，杨墨斁刚常。
圣途一以芜，谁障百川狂？
夫子起衰周，披云睹天光。
一驰仁义谈，举世噤蜩螗。
坐令归功者，比之堙怀襄。
繄兹有本源，言利谨其防。
直养乃无害，有欲自无刚。
念尔青衿子，日夕望宫墙。
尧舜岂云远，城南大道傍。
勉之在及时，申言著斯章。

断　机

三迁辛苦傍书堂，谁信慈帏有义方？
一断机丝接圣绪，丈夫空自说刚肠。

子思书院

四楹精舍对南山，天下中庸在此间。
一自微言绝孟氏，至今谁复叩贤关？

万历壬辰小春月
行学使者、河北李化龙题
兖州府管理运河事务、山东都转运盐使司同知陈昌言
邹县知县马复淳同立石
新安后学罗文瑞书

［简介］

本诗录自孟庙原石。原石现存孟庙启圣殿院甬道东侧南首，西向。高1.48米，宽0.89米，厚0.16米。行书，共14行，每行25字左右。三诗同刻一石。保存完好。

书院感怀（四首）

周邦仕

往嘉靖间，余读书精舍中，凡十年。是时诸堂新构，与诸同好讲习甚乐也。万历甲午间，闲步台畔，则倾毁且尽，堂西新筑池亭，清爽可玩，慨然有怀，聊占俚言，用示儿子。

一

数椽精舍倚南城，传是思舆授受庭。
清夜月明群动寂，疑闻堂上讲论声。

二

十年台北藏修日，诸子堂中切磋时。
一自索居机渐断，到今谁复理残丝？

三

圣学从来无两宗，七篇仁义一中庸。

莫将见解矜虚悟，好向伦常尽实功。

四

台东萧艾芊芊茂，台右芙蕖灼灼荣。
却忆往年章令尹，只修精舍不修亭。

[简介]

本篇录自明万历三十九年(1611 年)刻本潘榛编《孟志》卷五。

周邦仕，明邹县人。曾任榆林卫经历。次子周希孔，万历癸卯(1603 年)科举人；季子周愿孔，万历丙午(1606 年)科举人。均以博学洽闻，孝悌守礼，人并重之，邑人尊为乡贤。

谒孟母祠

胡继先

几希道脉续唐虞，千古犹传母氏劬。
断尽机丝成亚圣，子贤应有母应无。

[简介]

本篇录自明万历三十九年(1611 年)胡继先修《邹志》卷三《诗歌志》。

胡继先，明四川汉州人。万历丁未(1607 年)进士。授邹县知县。在邹五年，升兵部主事。

曝书台

胡继先

七篇仁义恐成淄，好事标台忆曝时。
会得日章原自暗，鸡鸣那复十寒悲。

［简介］

本篇录自明万历三十九年（1611 年）胡继先修《邹志》卷三《诗歌志》。

断机堂（二首）

许国康

一

孟氏文章万古传，七篇高逼七襄悬。
君家欲觅天孙巧，试向辛勤机杼边。

二

大绎当门孟母家，虚堂机杼自横斜。
绎山疑是支机石，此日峰头尚五华。

［简介］

本篇录自明万历三十九年(1611 年)刻本潘榛编《孟志》卷五。许国康，自称胡继先之“门人”。

曝书台

许国康

台畔争传孟氏居，台端曾曝七篇书。
也知五世秋阳烈，不复如今见蠹鱼。

［简介］

本篇录自明万历三十九年(1611 年)刻本潘榛编《孟志》卷五。

重修中庸精舍记

唐大章

［原文］

又，丰城唐大章记曰：

昔韩退之序尧舜以来学脉，直谓"孔子以是传之孟轲"。然孔传曾，曾传思，思乃传孟，则洙泗脉络也。子舆氏自云"私淑"，史称"受业于子思之门人"，疑其世不相及。乃史所述，论牧民之道。《家语》记：孟童少，初见了思，辄相器重，命子上侍而礼之，卒传其学。是洵亲相授者。子思亲见圣祖，必受业于曾子。学之不可以骤，又若此。则虽谓受业子思之门人，奚不可也？然门人累百，率未有闻。而传孔学者惟孟子，即异代犹踵接乎。祭水者必先河而后海，子思书院之作是已。《阙里世谱》称，子思困于宋作《中庸》，授记弟子孟子舆辈。而邹邑东南隅为孟氏故宅。元邹尹司居敬为筑精舍，祠子思而侍孟子，以表师承。其后代有修葺，益以讲堂、斋舍、厨库、廨宇。然历年多而摧折于风雨，侵蚀于榛芜。兀兀数楹，颓圮强半矣。万历丁未，余同门士胡公来领兹邑。彷徨瞻视，感悲黍离。大惧往迹弗振，教化陵夷，司邑者无所逭于责。于是慨然独计虑，偕孟庙聿新之。顾岁方祲,时当举诎,公既捐俸以佐费,更自毕力经理。费节而当,工朴而敏。竟鲜所縻于官民焉。工既竣,属余为石言。

余惟中谛创自伊祁氏,虞廷申以危微一十六言,遂为万世道学祖。嗣是师述递承,真伪错杂。殆不识“中”为何为,亦从未有俪“庸”立言者。中庸其至语,盖昉于孔子。子思子直原本天命,约归性情,范之伦理,属诸君子。而中庸之德始彰,灼如中天日。孟子由未发为中,演为性善之论。按以夜气,征以乍见,溯以孩提,而人始知万物皆备,乐欲无加,中和位育为实理。由达道为庸,演为道迩事易之说。约之亲长,统之仁义,推之智礼乐,而人始知尧舜可为,反身皆实,笃恭治平非畸事。《孟子》七篇,固《中庸》顶传也。思孟之授受真已。世衰道隐,中庸鲜能。卑暗者无足论,即名为高明者,不溺于功利,则耽于玄空。当日传受之旨茫乎渺矣。宜胡公大有概于中而遑斯举乎?夫贤母卜邻,亚圣斯作。岂其有贤侯迪导于上,而豪杰不奋,庶民不兴者?使夫邹人士进而瞻仰,退而存省,于不睹不闻识性命,于庸言庸行着功夫,戒谨恐惧,屋漏无荒,德修道凝,邪慝不作,又谁谓中庸不可能?噫!公之谟虑闳远哉!

是役也,循旧名仍标曰“中庸精舍”,堂易名曰“景贤”,重门配庑,各三楹。后为慎独斋,西为修道堂,亦各三楹。诸士群聚会业焉。俎豆既馨,衣冠咸集,辉辉燿燿,真足以维学脉而励世风,不但新一时耳目之观也。盖公之英略,卓有思孟风。守身以约,服官以勤,搜蠹振瘝,惟力是视,民以膏雨而吏以清霜也。所谓中庸,实身自有之,诱民孔易矣。公治邹,其茂庸在民社,其伟望在简书，诸不胜殚记，记其修精舍之功德如此。

公名继先，丁未进士，蜀之汉州人。

［简介］

本文录自明万历三十九年(1611 年)刻本潘榛编《孟志》卷四。碑刻原存子思书院。已佚。

重修子思书院记

张瑞图

[篆额]

重修子思书院碑记

[碑文]

重修子思书院记

西蜀胡侯之治邹也，剂赋平役，釐弊剔蠹，吏习民安，恢乎龙渊之割也。然犹未慊于志，以谓是俗吏之能事，非循良之极轨也。则慨然以教化为己任，众建社学以造小子，加意邑庠以烝髦士。已又新孟氏之宫而增其墓田。明示邑人以崇儒重道之意，使知向风。于是四封之内，父兄之教，子弟之率，不肃而成，不劳而治矣。

已又询之掌故，则谓邑之南有子思祠焉。其西为书院，盖异时思孟授受之地也。前令章公时鸾尝一新之。今复数十年，祠既颓毁，而书院益荡然无一瓦之存矣。侯喟然曰："以孟氏之宫，岿焉拟于阙里，享祀不忒，过者必拜。而受业之地，乃鞠为荆榛。

渊源谓何？亦非孟氏之所安也。”于是首辑思祠，俾可春秋荐俎豆矣。次及书院，堂二十四楹，可容负墙而坐者数十许人。其前后左右可以充诸弟子藏修息游之所者二十余间。用不烦官，役不及民，皆侯捐俸为之。既已于事而竣，属不佞请告归里道邹，侯命之一言以纪成事。余谢病未能也。侯曰：“夫兴废举坠，化民成俗，有土者之责也。属词比事，征往诏来，史氏之守也。子虽病，强为我志之。”瑞图不得已受简焉。

窃惟子思之学，以性为体，以率为用，以诚为宗，以庸为至。从喜怒哀乐之微，推而放诸天地万物，廓如也。其所以著书之意，则固尝言之曰：“道之不行也，我知之矣，知者过之，愚者不及也。道之不明也，我知之矣，贤者过之，不肖者不及也。”两者皆讥，而察其微旨，则其虑愚、不肖者浅，而虑贤、知者深也。顾昔之叛常立异者皆贤知之士，而今则皆出于愚不肖之徒也。何者？昔之所谓贤知者，其人皆有一段不朽之见识，不磨之力量，不能俯而就于圣贤之绳墨，而骜焉自跳于常格之外，有高旷而无矫饰，犹可言也。而今之所为离踪而行，标帜而议，登高而引，攘臂而招者，其人之见识、力量岂真有及于古之贤知？其隐微之中，皆有不可测者也。

夫措意于彼而寄径于此，论高于秋旻而行卑于羌壤，是固古贤知之士所唾弃而不顾者也。吾故曰，皆至愚不肖之徒也。且夫万古一天也，万古一性也，万性一率也。虽故川谷异制，民生异俗；刚柔轻重，迟速异齐；味异和，械异器，而至于喜怒哀乐煦然俱春凄然俱秋者，无不同也。合并无外之谓大，四通不悖之谓达。立乎至大之总，而游乎四通之衢，封畛不生，气志交动，中和位育，良非虚语。吾隐微之中而先自不可测矣。

人心不同，有如其面，又可一乎？则有我之所喜，人或怒之；我之所怒，人或喜之。其于哀乐也，亦然。蛮触互设乌乎大？荆棘丛生乌乎达？于以安身立命，则为罟获，为陷阱；于以为天下国家，则为妖，为孽。其究至于铄天地之精而伤万物之情，则假道学之害固若此其烈也。彼以为贤知之过，是下圣人一等。人世有举此相诮，固所翘首而甘心不知。有识之士搜其根而抉其隐，直命之曰至愚不肖之人而已。贤知之士见地高而易疗，愚不肖之徒病根深而难拔。子思生而当此世，宜何如惄然忧且惧也。子思之学一传而为孟氏。孟氏之时，荡如蒙庄，槁如告子，偏如杨墨，漫如衍奭，辩如仪秦，刻如申韩，樊然并出，以与孟氏角。而万古之后，诸子皆屈，而孟氏独伸。夫孟氏何以胜诸子哉？则以夜气之真，息鸡鸣之初念，原于天而出乎性者，固非诸子之所能磨灭也。故善学子思者无如孟氏也。

以今天下圣真统一道教休明之代，士何故浮慕贤知而甘自蹈于至愚不肖之归？吾愿海内之缙绅衿韦，凡称思、孟门中人，皆从潜伏屋漏之处，夜气鸡鸣之时，求天地万物、喜怒哀乐、至大至达、合并无外、四通不悖之源，以成一代无言靡争之化，而培国家博厚、高明、悠久之运，不亦休欤？此书院之建，胡君之功于世道甚巨，不独以邹治邹。而不佞所为，不敢终以病为解，而欣为赞一辞者也。

万历三十九年□□□□春三月吉旦

赐进士［　　　　］张瑞图□

赐进士出身、文林郎、知邹县事、蜀人胡继先□□……

[简介]

本文录自原石。原石原存子思书院。1945 年子思书院被毁后，砌入书院之南因利渠堤岸。2013 年筹备重建书院时出土。碑高 2.61 米，宽 0.84 米，厚 0.30 米。篆额两行，每行 4 字，两侧有龙凤纹，阴线浅刻。碑文楷书，共 26 行，每行字数不知。因自每行前五字左右石面剥落，其文不可全读。碑身从中部断为两截。现存孟庙后院。

因碑文不可全读，故据明万历三十九年（1611 年）刻本潘榛编《孟志》卷四所载补齐。

景贤堂记

潘　榛

[原文]

邑人潘榛《景贤堂记》曰：

书院之设肇自有元。维时山长官于斯，生徒聚于斯。养有公田焉，居有公舍焉。士绅之向义者，或捐之缗，或置之书。即人文莫考，亦一时之盛已。

皇明总一王制，专崇学宫。诸凡书院，概从省革。然贤圣故地，过者低徊。虽曰议废，亦时议修。顾修之者不过补葺隙漏，而废之者遂坐行摧圮。戊申己酉之间，鞠为茂草矣。

肖山胡侯，政平讼理之余，雅勤文教，尤重古迹。既已新孟子祠若墓，乃复慨然于是曰："是所称孟子故居也，即无书院之名，尚表章之，况旧迹可寻乎？"于是捐俸庀材，省役鸠工。剪除荆芜，宏开堂构，视昔不啻数什倍也。

既竣于事，乃邀余落之。余出廓门东顾，则见其道甚除，有菀者柳荫。彼斯干及门，则将将翼翼，与子思、孟母两祠俨然列而为三。登堂则爽垲轩豁，巨丽可观。退以"慎独"名室，允称奥窔，盖不觉心神俱旷而尘虑顿洗。已无何，杯盘交错。又登暴书台上，则山势东来，排闼送青。极目远眺，隐隐隆隆，峄峰出焉。下临因利，环抱如带。风水成文，清澈可人。南则烟火相接，千家市井，松柏郁苍，孟子之祠巍然在望。背则重城百雉，如列屏然。俄而万色入冥，弦歌杂颂读之声时断时续，不绝于耳，于是饮酒乐甚。

侯乃拱而问余曰："兹堂成矣，将何以名之？"余曰："孟子故宅故无所名，而孟子自称近圣人之居若此其甚，其即此之处耶？以'近圣'名之何如？且人情于贤圣，读其书即勤向慕，而履其地益切景瞻，以'景贤'名之抑又何如？"侯曰："两者俱当。吾取'景贤'焉。《诗》有之曰：'景行行止'，景之，吾固欲行之也。"余曰："善哉，侯之为思也！然亦何止愿侯行之？兹堂之成，来游者众。吾愿凡为大夫者而景于斯，子思子庶民之意，孟子不忍人之政，宜行止也；凡为士者而景于斯，子思明诚之学，孟子知养之功，宜行止也；凡为氓者而景于斯，子思不倍之义，孟子亲上之风，宜行止也；即妇女子无所知识，而断机伊迩莫不观感，各训其子，以期其成，亦妇女之行止也。庶'景贤'之名，不惟为邹之巨观，而化成天下之意亦默寓是乎？"侯曰："若是乎言之大且远也。乃旧志以'渊源'名，何居？"余曰："旧所称'渊源'者，目思孟言之，谓孟之学渊源于思也。今道统如日中天，学者惟患志不笃，行不力，自外于圣贤之流派耳。固不烦更为'渊源'之讲究也。存'精舍'之名，以无忘司侯作者之心可矣。"于是遂书以名堂。若堂之门庑，及各斋舍等楹，业见别记，不详列焉。

[简介]

本文录自明万历三十九年(1611 年)刻本潘榛编《孟志》卷四。碑刻原存子思书院。已佚。

胡侯创修子思书院落成，喜赋五言二十六韵颂之，以纪其盛，并志不朽云

徐应徵

昔贤兹授受，后学仰宫墙。
云何会式微，倾圮鞠草荒。
彼哉唐汉间，湮没为民攘。
卓矣元司尹，恢复佥云良。
吁嗟复黍离，兵祲酿沧桑。
长风号古木，榛莽趯蜩螗。
讵无司土者，而不任肯堂。
物理终代谢，否塞斯春阳。
圣灵符梦孟，感召西南方。
美人膺视篆，释菜兴彷徨。
亚圣庙聿新，精舍仍茫茫。
昕夕劳兢惕，咨度爰周详。
捐措庀众材，子来不日襄。
俄然成广居，吾道千载光。
景贤堂仰止，慎独轩允臧。

重门时洞开，宏丽敞轩昂。
洒洒亭池静，嫛嫛桧柏苍。
鸢鱼契道机，凫绎供清觞。
多士便乐育，私淑慊修藏。
诵读与弦歌，杂沓声洋洋。
励精媲往喆，唐虞可梯航。
爰思贤侯心，却顾虑且长。
念兹举废典，道脉之存羊。
天意佑斯文，德星来发祥。
共瞻落成者，慎勿藐寻常。
愿言勒贞珉，亿祀咏甘棠。

[简介]

本篇录自明万历三十九年(1611 年)刻本潘榛编《孟志》卷五。“亚圣庙聿新”句之“聿”字，误刻为“书”，录时正之。

徐应徵，诗前署曰:“檇李徐应徵。”檇李，地名，古地在今浙江嘉兴县西南。

曝书台(二首)

徐应徵

一

曝书台近断机堂,子自高贤母义方。
曝得七篇仁义在,中天丽日并争光。

二

峄山断碣辨嬴秦,野烧经残迹已陈。
惟有此台山下在,秋阳千古共嶙峋。

[简介]

本篇录自明万历三十九年(1611年)刻本潘榛编《孟志》卷五。

谒孟母有感

刘　墒

母圣成贤子，子贤成圣母。
道器即天授，亦藉人工补。
勇志勤三迁，芳名则万古。
伤哉遗石像，长跽思靡怙。
拜罢西风惨，泪湿山之坞。
爰思吾母心，良工亦独苦。
殷勤道姓名，门墙幸勿吐。
敢负此生身，修途当自努。

［简介］

本篇录自明万历三十九年(1611年)刘本潘榛编《孟志》卷五，题目为录者所加。

刘墒，明山阴人。其它不详。

孟母祠题咏

李　崑

当年不断机丝织，谁透斯文嗣续关。
子圣经纶还可再，母贤今古若为班。

［简介］

本篇录自明天启七年(1627 年)刻本吕兆祥、吕逢时重修《三迁志》卷五中《题咏》，题目为编者所加。

李崑，诗前题曰“永清李崑”。其他不详。

曝书台题咏

李　崑

郛国城边百尺台，碑传孟氏曝书来。
莫言世远无灵异，时有文光烛上台。

[简介]

本篇录自明天启七年(1627 年)刻本吕兆祥、吕逢时重修《三迁志》卷五中《题咏》，题目为编者所加。

题子思书院

吕兆祥

圣孙思肖圣人翁，道大其如塞太空。
忽下生平真手段，辟开天地说中庸。

［简介］

本篇录自清雍正本《三迁志》卷十一《题咏》。

吕兆祥，明浙江海盐人，字圣符，太学生。

卷五　清代

重修中庸书院记

孔毓圻

[碑文]

重修中庸书院记

峄山之阴，冈陵环掩，川源洄抱。望之蔚蔚葱葱，烟树迷漫。乃古邹封，今为邑治焉。邑南东偏，为孟母三迁故居。其旁有讲堂，相传为述圣作《中庸》处，亚圣孟子于此受业传道。有暴书台，有书院遗址。[建]修自元元贞间邑尹司[居敬也]。[至正]后，邑尹邓彦礼、孔之威改建，殿[庑]堂舍，云集宏丽。嗣是至明，递有修之。迨万历辛亥，胡尹讳继先[者重修]。□□此中庸书院，前人历记详矣。

迄于今，又历年所。[备]考图志，所谓中庸精舍、景贤堂、慎独斋、率性堂，兵燹之后悉为墟址。仅存者[诚]明殿，亦且栋欹壁圮，其围垣门庑倾颓殆尽。□特致□瞻仰怆然。[当先]公时修阙里庙庭甫竣，方董役兴作[之]。尔即世子，冲幼袭爵，谨承先志，庀材鸠工，重修殿宇，规模聿新。随筑外垣，重门两庑，各三楹完固。馀址具在，惟次第起建。今殿宇落成，神灵攸妥，当年《中庸》授受，俨然上下。

於戏！自古帝王传心，一中而已。《中庸》之作，盖有忧世变而攻异端，而辟邪说也。夫贤知之过，愚不肖之不及。道之不明不行，性固未凿而教，亦可施也。若夫远人为道，隐怪沿流，二氏之学，横议充塞，彼将□教之名□□以祸天。一而性道，滋晦为之。见道于性，原性于天，阴阳五行，於穆流行之，始诚谆谆然别人于物而命之。《书》曰：皇天降衷于民，若有恒性。《诗》云：天生蒸民，有物有则。其较晰也，是以中之。言庸即体□□，□之为庸德，阐之为庸言，惟其至而为位育参赞，亦祇自尽。其日月饮食，子臣弟友之常，此中庸之名，昉于至圣；《中庸》一书，著于述圣；而□昌明于亚圣。孟子遗书七章，畅言性善，使万□□君臣、父子、夫妇、昆弟、朋友，彝伦攸叙，性道昭明。犹是帝王传中之旨，旁引曲喻，称说切著。而已当年授受盛迹，曷可不传？庙貌俨临，庶几仪□□如在云。是为记。

时

康熙十二年岁次癸丑孟冬上浣之吉

六十七代孙、袭封衍圣公孔毓圻撰

六十五代孙、东昌府通判、加三级、署理曲阜县事孔胤□

赐同进士出身、知邹县事朱承命　典史孟良栋

六十七代孙、世袭翰林院五经博士、加一级、奉祀孔毓瑛

家庭族长孔弘存　林庙举事孔胤权　六十二代孙、廪□□□

董工郑□荣　□□□

[简介]

本文录自原石。

原石原存子思祠。1945年子思祠被毁后，砌入子思祠南因利渠堤岸。2013年筹建重修子思祠时出土。碑高2.36米，宽0.84米，厚0.16米。碑文共18行，每行78字，楷书。碑身左下角有残缺，涉字不多。上首有安接碑额的榫头，碑额不见。周有阳刻云龙纹。残缺字以□示之。保存基本完好。现存孟庙后院。

述圣遗像·宋理宗御制赞

[篆额]

述圣遗像

述圣子思子遗像

（见子思祠石刻，清康熙年间《述圣遗像》）

［像上篆文］

宋理宗御制

闲居请膺，世业克昌。可离非道，孜孜力行。发挥中庸，体固有常。入德枢要，治道权衡。

［像右楷书］

兖州府知府蜀人张鹏翮
　　　　通判三韩许嗣华
邹县知县关西张国瑜
　　　　县丞古闽林光春
太学生浙人江纬临

［像左楷书］

世袭五经博士毓珽
镌匠刘明海

［简介］

本文录自孟庙原石。原石原存子思祠，现存孟庙康熙碑亭东侧，南向。高2.15米，宽0.78米。已残为5块，周围以青砖镶嵌为碑楼。子思像绘画逼真，线刻流畅。其上为篆书，共7行，每行6字；左为楷书，共两行，前行8字，后行5字；右为楷书，共4行，每行10字左右不等。各体字均极工整。

祭述圣子思子文

张鹏翮

［原文］

祭述圣庙文（康熙二十四年）

圣圣相传，祖孙一德；是作《中庸》，古今维则。泗水尼山，厥灵赫赫；春秋匪懈，享祀不忒。鹏叨兹土，亲炙圣泽；于万斯年，同瞻颜色。敢荐馨香，冀垂昭格。尚享！

［简介］

本文录自清光绪十三年（1887 年）刻本《重纂三迁志》卷六《祭文》。刻石原存子思祠述圣殿檐下东壁，镶嵌于墙上。已佚。

张鹏翮，清四川遂宁人，字运青，曾任山东巡抚。

重修暴书台记

娄一均

[篆额]

重修暴书台记

[碑文]

重修暴书台碑文

邹城外之东南隅，子思子祠西，断机堂之左有台焉。相传为孟子暴书处，元邑令司居敬镌字其上。虽递有修复，而历年既久，颇有倾圮。予莅斯土，以祠事过焉，虑其圮者且隳而倾者就湮也，慨焉欲葺治之。顾治事之初，弗遑也。

比三年易岁，而民日益淳，讼狱渐简，士□□□能亲弦诵。乃以时缮城浚壕，增高深卑。新文庙桥门，以肃观瞻。渠丘之恶免矣，茂草之鞠剪焉。以是诹日鸠工，而复暴书台之旧。乃进邑之人士而告曰：若[知]暴之为暴也乎？苟义取日暄以燥其湿，则当日未有装潢纸帙；如时俗所云七月七日晒书之谓，虽杨子云生汉代，采殊方绝域之语，犹提铅怀椠，况邹鲁时乎？据兰台石室之文布在方策，方小策大，如书于左方或右方，方一而已，策则联简为之。春秋时，有诸侯赴告之策书，孔子读《易》三绝韦编，亦编其联简之策耳。孟氏卜迁学宫，受书于孔应累累矣，非袤丈之台所胜布也。若《南华经》称惠施多方，其书五车，岂无燥湿之，不时以忧朽蠹，夫安所得台而暴之？且祖龙燔书而后，孔壁与鲁共王宅皆有藏经；而《汲冢纪年》寖寻自晋太康中始出，彼閟诸壁者擎敛湮郁，若是且久不以不暴而速朽也，书假暴云乎哉？

盖暴之为言宣也，露也，表而著之之谓也。若孟子书“暴之于民”之暴是也。自孔子殁而微言绝，大道榛芜，杨墨塞路，孟子辞而辟之，廓如也。闲先圣之道，□当暴先圣之书。子思中庸，本之仲尼。中庸言未发之中天下之大本，孟子暴之而言仁义礼智。盖人皆有中庸言中节之和，天下之达道，孟子暴之而言恻隐、羞恶、辞让、是非可扩而充。其曰“尧舜性之”，所以暴自“诚明谓之性”之说也；其曰“汤武反之”，所以暴自“明诚谓之教”之说；其曰“五霸假之”，所以暴“反中庸而□”之说也；其言“天生烝民，有物有则”，非暴“天命”之谓乎？赤子之良，不虑不学，非暴“率性”之谓乎？“存心养性所以事天”，非暴“修道”之谓乎？孔道不著，杨墨不熄，既亟暴之，不遗余力□。而告子簧鼓在门之人，若孟季子、公都子几瞀乱焉，微性善之说暴于其徒，又孰从而正之？暴之之功大矣哉！且当其时，吴起、孙膑善攻战，仪、秦、犀首尚合从连衡，商鞅主垦土富国，孟子暴其罪而明著其所当服之刑。其于春秋无义战之旨，利口覆邦家之戒，聚敛非吾徒之训，暴之昭昭矣。至如吊诡旷荡，若庄、列坚白异同，若公孙龙犹去齐梁地远弗能爚□，而稷下□馆，而齐人所从风而靡者，若雕龙衍、谈天奭、滑稽髡，皆断断蜂起云涌，炙毂抵堂，以与孟子角者也，故外人皆称孟子好辩，岂好己之辨胜哉？暴圣人之书以正道胜之云尔。千古而后，百家既息，而孟氏独伸，正如罔两魑魅群逞于宵昏阴翳之下，捧霁旭而丽之中天则已矣。其《尽心》篇之末章，不云乎经正则庶民兴而无邪慝，此经有尧舜以来至于孔子，而孟氏世近地迩，见而知之，斯暴之著之。韩昌黎谓其功不在禹下者，以其有摧陷廓清之功，继往圣于将绝。而程伊川推明道先生得孟子之学，于遗经有以绍其传于四百年之后，而俟后圣于无穷也。非暴之光远而焰长也哉？

方今世运昌明，圣天子尊崇孔孟，既新阙里□□□……，御制鲁邹庙碑，官圣门之徒□□□，复取徽国文□朱子□堂升配，盖以朱子著书立说能暴孟子之所暴故也。而甘茹《诗》亦云："仲尼去后秋阳在，邹鲁斯文此大观。"信乎暴之之义简已。□登斯台者，其君子尚思尊经稽古，而居仁由义；庶人尚思亲亲长长，而服教畏神。庶几□暴书精微旷二千载间殆□□若接欤？夫□母者□□□指得□□亹亹乎。暴书之说而以碑于台也，其不可以已也夫！

清康五十二年□□□……屠维毂□□□

文林郎、知邹县事、加三级、纪录三次、会稽后学娄一均撰文

会稽陈以标篆额并书

[简介]

本文录自原石。原石原存子思书院暴书台之下。1945年子思书院被毁后,砌入书院南因利渠堤岸。2013年筹备重建书院时出土。碑高2.55米,宽0.86米(额部宽0.90米),厚0.27米。篆额两行,每行3字。两侧有阴线刻龙纹,下有连枝花纹。碑文楷书,共25行,满行63字。碑身两侧有连枝花纹,下有云水纹。残缺字以□示之。现存孟庙后院。

谒孟母祠

娄一均

鸡鸣肃肃诏庭前，鞠育劬劳圣母全。
戏阻童心机一断，完成胎教里三迁。
敦诗说礼同严父，讲仁型义毓大贤。
闺阁从来因子贵，馨香千古几人传？

［简介］

本篇录自清雍正本《三迁志》卷十一《题咏》。

题曝书台

娄一均

台空何处觅残篇，仿佛秋阳丽远天。
道载瑶编经日贯，卷开文藻斗霞鲜。
牴排异学知功业，力挽儒风即事权。
皓皓不殊精气在，书光遥映薜萝烟。

［简介］

本篇录自清康熙五十四年（1715年）刻本《邹县志》卷一下《土地部》下卷。

谒子思祠

娄一均

尼山授受出天亲，杏雨坛前似续身。
在鲁因从曾得贯，来邹却与孟为邻。
尊师不作诸侯客，道统昌明述圣人。
反覆中庸章句奥，千秋庙貌奕然新。

［简介］

本篇录自清康熙五十四年（1715 年）刻本《邹县志》卷一下《土地部》下卷。

谒孟母祠

周　翼

机丝一断锦文开，亚圣经纶名世才。
室卜三迁嬉俎豆，堂成千祀俯城隈。
河流郕国星源远，织仰天孙云汉回。
万叠峦光声教远，曝书率训尚遗台。

［简介］

本篇录自清康熙五丨四年（1715年）刻本《邹县志》卷一下《土地部》下卷。

周翼，浙江德清人。贡生。

题曝书台

周　翼

臣致齐梁后，归来只曝书。
道传尼父统，心接帝尧初。
云气辉文藻，天光映敝庐。
七篇从此出，日色丽庭除。

［简介］

本篇录自清康熙五十四年（1715年）刻本《邹县志》卷一下《土地部》下卷。

谒子思祠

周　翼

洙泗心源此地传，中庸述祖旧遗编。
论穷天地昆虫外，行在纲常饮食前。
树作虬龙云自护，山环凫绎石生烟。
经过谒庙瞻遗像，还忆辛勤修教年。

［简介］

本篇录自清康熙五十四年（1715 年）刻木《邹县志》卷一下《土地部》下卷。

谒孟母祠

张　琨

数楹古屋亚圣乡，残碑额曰断机堂。
机鸣轧轧杳何常，教儿千载垂缥缃。
勖哉坠绪寻茫茫，岁序如梭惟勿荒。
横陈杼轴剪秋霜，相期意矢毋相忘。
牴排异学立堤防，七篇炳炳传琳琅。
组织千圣成文章，灿如天孙云锦裳。
繄惟母氏秉义方，孔颜之道炽而昌。
庭垂古树凝烟苍，丽霄明月有余光。
门临流水清且长，三迁世泽绵无疆。

［简介］

本篇录自清康熙五十四年(1715 年)刻本《邹县志》卷一下《土地部》下卷。

张琨，字田玉，浙江仁和人。

题曝书台

张　琨

台畔曈曈日影红，年年芳草漾微风。
传来书卷归何处？只在经天离照中。

［简介］

本篇录自清康熙五十四年（1715 年）刻本《邹县志》卷一下《土地部》下卷。

谒子思祠

张　琨

平林漠漠晓烟笼，露湿青芜半亩宫。
祖述工勤虚夜月，师承道贯坐春风。
讲堂私淑崇先哲，祀典尊荣礼上公。
不断溪流清听远，松涛遥送隔墙东。

［简介］

本篇录自清康熙五十四年(1715 年)刻本《邹县志》卷一下《土地部》下卷。

题曝书台

陈方贺

峥嵘台榭倚晴空，烈烈秋阳曝不同。
留得七篇仁义在，至今犹与日争雄。

［简介］

本篇录自清康熙五十四年(1715年)刻本《邹县志》卷一下《土地部》下卷。

陈方贺，邹县生员。清康熙五十四年曾采修《邹县志》。

曝书台

毕公嗣

孟子祠阴孟母堂，宛然慈训在其旁。
曝书台畔中天日，织锦庭前午夜霜。
嬉戏迁来皆礼乐，机丝断处尽文章。
母因子贵承恩宠，子以母成著义方。

[简介]

本篇录自清雍正本《三迁志》卷十一《题咏》。

毕公嗣，清广东灵山县人。清康熙六十年(1721 年)任邹县儒学教谕。

皇帝遣杨宏俊致祭于孟母文

爱新觉罗·弘历

［碑文］

维乾隆三年岁次戊午七月庚申朔越三日癸丑，皇帝遣总理省直山东等处盐法道杨宏俊，致祭于亚圣孟子之母邹国端范宣献夫人曰：

道成慈训，久垂图史之芬；礼重女宗，载焕丝纶之锡。式稽彝典，用表芳规。维亚圣孟子之母仉氏，节守坚贞，教成贤哲。断机丝之组织，训教维周；迁居室于再三，劬劳罔懈。俾心源之远绍，致圣道之益昌。德备七篇，阐微言于齐梁邹鲁；功垂百世，开来学于濂洛关闽。惟大贤之教施无穷，皆慈母之恩勤有素。特沛殊荣，式加显号，更申祭告，用遣专官。於戏！纶綍扬庥，载贲尊贤之典；苾芬肇祀，宏推锡类之仁。鉴此明禋，尚其歆格！

［碑阴］

敕加孟母“端范”封号文

爱新觉罗·弘历

礼部等衙门谨题，为敬请推崇贤母封号，以光圣朝祀典事。

该臣等会议得：

令德昭融，已著休声于往古；母仪炳焕，宜膺美号于千秋。谨按，亚圣孟子母仉氏，守节抚孤，以慈母而兼严父；迁居教子，遂习惯而若性成；断织示勤，励知言养气之学；拥楹诫义，启守先待后之功。母训昭垂，仪型百世。昔在元代已尊封邹国宣献夫人，崇祀庙庭。我皇上崇儒重道，典礼尤隆。孟母邹国夫人，诚宜加增封号，以作民教而树风声也。应如该侍郎赵殿最所奏请旨，敕加封号，以示尊崇。其封号字样，由内阁撰拟。告祭祭文，由翰林院撰拟。进呈恭候钦定。俟命下之日，仍交礼部行文该抚，遵照办理等因。于乾隆二年闰九月二十一日题，本月二十三日奉旨依议。钦此。嘖于乾隆二年十月，内阁交出亚圣孟子母仉氏封号。钦定“端范”。

今准翰林院移送祭文，一道到部抄录，移咨山东巡抚，备办祭品，委官一员，前往读文致祭。祭过日期仍行报部可也。

时

大清乾隆十四年岁次己巳秋八月穀旦

亚圣六十五代孙、翰林院世袭五经博士孟衍泰建立

后学廪膳生员李碧书丹（印）

石工崔代镌字

［简介］

本文录自孟庙原石。

原石现存孟庙孟母殿前回廊东侧，南向。高 1.46 米，宽 0.63 米，厚 0.21 米。其中碑额高 0.25 米，宽 0.66 米，浅浮雕二龙戏珠。碑文

楷书,颇工整。共10行,每行22字。个别字被水泥所涂,难识者据孟府藏旧拓补之。周有浅浮雕游龙戏珠,上、下为双龙,左、右各三龙。碑座高0.28米,宽0.78米,厚0.47米。保存完好。

碑阴刻《敕加孟母“端范”封号文》碑文,楷书,颇工整。共17行,每行44字。碑文上、下均有浅浮雕双龙戏珠,两侧各有浅浮雕三游龙。无额。保存完好。标题为编者所加。

述圣子思子赞

爱新觉罗·弘历

［碑文］

述圣子思子赞

天地储精，川岳萃灵。是生仲尼，玉振金声。世德作求，孝孙维则。师曾传孟，诚身是力。眷兹后学，示我中庸。位天育物，致和致中。夫子道法，尧舜文武。绍乃家声，述乃文祖。

乾隆戊辰仲春月御笔

［简介］

本赞录自孟庙原石。原石原存子思祠。现存孟庙康熙碑亭东侧，南向。高 1.47 米，宽 0.63 米，厚 0.20 米。其中碑首高 0.24 米，宽 0.66 米。碑首与碑身相连。碑文楷书，工整精美。共 7 行，每行 14 字。石面中部稍有剥落，右下角边缘有残缺，用水泥补之。左、右及下边有浮雕龙纹，额有双龙戏珠浮雕。

钦制《四贤赞》谕

爱新觉罗·弘历

[碑文]

乾隆十三年二月十五日,行在内阁抄出,奉上谕:

朕东巡躬诣阙里致祭先师,颜、曾、思、孟四贤作配殿庭,虽从与享,但闻其故里各有□庙□□□□大□□奉香帛前往祭献,以展诚敬。朕向在书斋曾制《四贤赞》,景仰之诚□□□□其勒石□中,致朕崇重先贤之意。

钦此。

时

龙飞乾隆十四年岁次己巳秋□月榖旦

□□学廪膳生员李□书

亚圣六十五□孙翰林院□□五经博士臣孟衍泰建立

石工□君臣镌字

[**简介**]

本文录自孟府藏旧拓。原石原存孟庙，已毁。旧拓高 1.70 米，宽 0.68 米。碑文楷书，共 12 行，每行 32 字。周有龙纹饰。拓片背面有毛笔写“此碑第三排第三碑”字样。字有残缺。

重修子思祠记

董　淳

[题额]

皇　清

[碑文]

通奉大夫、四川等处承宣布政使司布政使、加三级董淳序

盖闻美弗著，勋不显，德罔昭，功莫传。矧述圣子思子无专庙，以我邑中庸书院为庙。堂连断机，配以亚圣。虽庭建御碑，而历代皆衍圣公与各贤明府之捐修。后被风雨剥落更甚，有至圣六十八代孙传朔公目击心伤，慨然恳恩捐修。事未就而目失明。遗嘱其子继纯公曰："尔须成我未逮之志。"受嘱之后，百计图维，因呈具数十载。至嘉庆十四年，蒙巡抚大人吉奏明，发帑钦修。□之逾年，利渠泛滥，坏仆宫墙，神道石徙，坍塌数丈。又募孔孟二裔，捐资重修。工竣后皆未建碑。□因庙柏□朽一株，获利若干。蒙衍圣公札谕传朔公之孙广□修补庙宇。因勒石以记我皇上崇儒重道之盛德，与二氏尊祖敬宗之至意，昭垂

不朽。

勒石之际问纪于余。余念子思不可胜赞，且余拙略一不复赞，故只序其颠末如右。

监工孔广居

督役冷尚志

松坪董密谨书

道光八年岁次戊子九月下浣縠旦立

[简介]

本文录自原石。原石原存子思祠。1945年子思祠被毁后，砌入子思祠南因利渠堤岸。2013年筹备重建子思祠时出土。碑高2.30米，宽0.94米，厚0.28米。圆额，横书“皇清”二字。碑文行书，共16行，每行33字。碑身从上部三分之一处横断为两截，额又竖断为二。残断处字迹有损。现存孟庙后院。

“子思子作中庸处”碑

杨岳春

[碑文]

道光壬辰孟春

子思子作中庸处

济南杨岳春敬书

七十一世孙袭封衍圣公庆[镕]立石

[碑侧]

题　记

孟广均

《子思子作中庸处》《孟母断机处》二碑，因年远残坏，均议重立。所有攸资衔名姓氏谨[泐]于左：

知邹县事、庚午科举人、吴兴徐之培攸制钱拾千；

监生山右崔方洪、监生济南郭培丰、监生赵钟麟、附生济南江源、监生任城刘淮、附生任城吴坤，以上各[攸制钱]三千五百；

增生任城王庱、增生任城王庆瑚、禀生任城王庆翥，以上各佽制钱五千；

亚圣裔、候袭翰林院五经博士、戊子科举人孟广均输制钱拾千

孟广均谨志

[简介]

本文录自孟庙原石。原石原存邹县旧城南门外道左。今存孟庙康熙碑亭东侧，南向。高2.17米，宽0.90米，厚0.33米。圆首，顶部有盘弧形高浮雕。碑阳中部大楷书一行，共7字，字高0.27米，宽0.21米；左部中楷书题时间；右部中楷书题落款姓名。碑左侧磨平石面高1.74米，楷书共5行，每行34字左右。碑阳及碑侧均有字残缺。

“孟母断机处”碑

张继邹

[碑文]

道光壬辰仲春

孟母断机处

古任城张继邹敬书

亚圣七十代主鬯孙广均重立石

[简介]

本文录自孟庙原石。原石原存邹县旧城南门外道左。今存孟庙康熙碑亭东侧。高2.18米,宽0.93米,厚0.37米。圆首,顶部有盘弧形高浮雕。石面中部大楷书一行,共5字。字高0.42米,宽0.43米;左部中楷书一行,共6字;右部中楷书两行,前行8字,后行13字。石面已有剥落,下部尤甚。右下角残缺,因字大,仍可识。

重修断机堂记

孟广均

[原文]

重修断机堂记

孟广均

先圣母祠，肇修于元元贞时。正祠三楹，颜曰“断机堂”。历代修葺各有碑记，具详志乘。

国朝康熙七年，发帑遣内务府广储司员外郎督理重修。岁久敝损。先博士照亭公，于道光十年备文移县，详请修理。续因帑项待筹，三载以来未克鸠工。本年正月，均承祀事。仰瞻庙貌，不蔽风雨。谨奉神坐暂移于致严堂。阅夏逮秋，自输资财，竭力修葺。栋宇牖户，不敢有加，庶还旧观。上以妥圣母之灵，完先人之志。凡我子姓入斯祠者，尚懔然不忘断机之训，如亲听命，强勉行道，仁义乐善，不愧亚圣后裔，是均所兢兢焉。愿共励于无既者也。更复明示后人，倘遇祠宇稍有敝损，即宜早节经费，自行完缮。勿致淹岁月，兴大工，糜国帑，而露神栖。以均今日事为前鉴也可。

[简介]

本文录自清光绪十三年(1887 年)刻本《重纂三迁志》卷八。碑刻原存孟母三迁祠,已毁。

孟母颂

班　昭

［石刻文］

孟母颂

班　昭

孟子之母，教化别分。处子择义，使从大伦。子学不进，断机示焉。子遂成德，为当世冠。

孟母赞

左　芬

邹母善导，三徙成教。邻卜庠序，俎豆是效。断机激子，广以坟奥。聪达知礼，敷述圣道。

跋

董　淳

右汉曹大家、晋左贵嫔所撰孟母《颂》《赞》。大家为班孟坚女弟，代兄踵成《汉书》，又作《女诫》七篇传于世。贵嫔为左太冲女弟，名亚于兄。史称大家有节行法度，贵嫔以才德见礼，诚古今烈女中之卓卓者。以贤媛赞扬圣母，可云无愧，不特辞翰之工也。因谋诸雨山博士勒石庙中，而缀数语于后。

道光十四年正月既望

前四川布政使司布政使、寄农老人董淳谨识。时年七十有六。

道光癸巳科进士、乙酉科举人、翰林院庶吉士、男作梅敬书

邹县正堂移文

孙士清

邹县正堂孙，为崇重祀典事。案据奉祀生颛孙开存、武生孟衍镛、候选主簿孟毓圻等呈称：

“窃邹邑为圣贤梓里，祠祀甚多，除春秋二丁正祭外，如二仲丁、清明、中元、七月望、十月朔等日，祭品乃蒙历任贤父台筹拨。承值迄今，相沿未泯。惟本城南门外断机堂，乃启圣端范宣献夫人三迁训圣之所，道脉所基。是以历蒙圣朝殊恩，崇锡美封。庙貌祭品虽有杀于正庙，而酬庸报本之典尤应先于亚圣也。其春秋上丁固已载在祀典，官为办祭。其二仲中丁祭品，惟有韩庄一集。而集小税微，仅供秋丁一祭，其春丁祭品无出，缺典久悬。前蒙刘天俯鉴及此出示晓谕，于韩庄另起小集，即以集税补供春丁。无如韩庄一带集市稠密，空糜演戏之资，而集市无成，断难复起。且现当断机堂庙貌重新，蒙藩宪刘亲题匾额，以示尊崇。

仲丁届迩，若缺典仍悬，无以抑副上宪崇重之至意。用特沥情呈，恳乞恩另筹，以垂永久。倘蒙鉴察筹画，祀典得以无坠，仁天一日之甘棠，即圣贤千载之血食矣。如蒙筹补允妥，孟氏庙庭惟计祭品之有无，族丁并不经手，庶免有所借口。合并陈明上叩等情。”

据此，当经批查春仲中丁祭费实需若干，着再呈明，以凭筹拨。去后。

兹据颛孙开存等呈称：“遵查断机堂春仲祭品，每祭用羊一、豕一，再加香帛酒烛，约需制钱捌千文等情。”具覆前来。

敝县查：断机堂为孟母三迁教圣之所，道脉所基，礼应崇祀。据禀，向乏春仲之祭，诚属缺典。查界河驿每年四月初八日古会，旧例有牛驴行市收税充公一项。嗣后每年准于此项税内拨给制钱捌千文，作为春仲丁祭祀之费，以崇祀典。现在春祭已过，自明岁春仲为始，着该祀生等赴县具领。

除批示外，拟合备文移会。为此，合移贵院，请烦查照备案，永远照办施行。

右移

翰林院五经博士孟

道光十五年四月初十日移

敕授文林郎、兖州府邹县知县、北平孙士清移文

例授文林郎、乙酉科拔贡、候选直隶州州判、邑人董廷锟书丹

例授文林郎、乙酉科拔贡、戊子科举人、世袭翰林院五经博士孟广均勒石

武生韩方模监工

[简介]

本文录自孟府藏旧拓。刻石原存孟母断机堂，已佚。

旧拓高0.32米，宽1.03米。由左至右，首为孟母《颂》《赞》；中为董淳跋文；后为邹县正堂孙《移文》。《赞》《颂》小楷书。字径高0.025米，宽0.02米，共8行，满行11字；跋文共13行，满行16字，小楷书，字略小于《赞》《颂》；《移文》共37行，满行21行，小楷书极工，字径高0.011米，宽0.01米。此拓本保存完好，为研究孟母断机堂祭祀之珍贵资料。

《孟母赞》中"三徙成教"句，"徙"误为"従"字，录时已正之。

孟母三迁祠断机堂碑记

汪喜孙

［篆额］

重修孟母三迁祠断机堂碑记

［碑文］

孟母三迁祠断机堂碑记

道光十六年，栗恭勤公以侍郎官山东、河南河道总督，出入兖州，履勘河道。经邹崇教门，见新碑矗立，询知为孟母三迁旧迹，断机处即在是。公径谒祠庙。于时桥堤难行，遂步于堂殿，见若亭台倾圮，为之怃然。嗣于是年冬，招孟雨山博士到济宁，授以白金二千，兴复三迁祠，并建坊于道旁，修圮岸之圮于水者。博士爰购木石，于明年春兴工，既勤既作。俾三迁坊仍还旧观，增修石岸二十余丈。门殿墙垣、暴书亭台、洗砚池并焕然一新，皆公之力也。

昔姜嫄肇祀，仲子考宫，于古有征，因而非创。盖自天命元鸟，诗咏关雎，商周之兴，实维妇德。史氏阙失，母教无传。迨于春秋，厥生孔孟。父既早世，两家孤儿。习礼陈笾，后先同揆。立言立德，于是始基。夫其过庭诗礼，远子非嫌。责善则离，易子而教。厥唯母德，一气相成。顾复之恩，逾于严父。严君之义，尊无二上。尊逾于母，威不逮慈。慈母之教，感于一气。坤道载物，地以承天。兴宗覆宗，岌岌殆哉！母德尚矣。公事因母如母，济宁士大夫共见之。唯其无忝所生，孝思锡类。斯乃仰止孟母之遗教，以为千古之为人子者劝。公清白乃心，取予不苟。燕处一室，状若书生。及见一善行，好行其德。典衣质钱，勇过贲育。生平行事，有裨于风俗人心者甚巨。以视世之布金钱斋寺僧、造佛像，以求福禳灾，实足以见其妄耳！世之人内无以养其亲之志，又不能合天下之欢心以事其亲。积怍生愧，积愧生悔。顾媚祷于佛，妄冀生天。世如有佛，孰与奉其朝夕侍养之父母之为愈哉？矧以攘夺其君，刻剥其民，清夜扪心，乃以事佛。世如有佛，顾亦如贪官污吏之可以货取哉？传谓移孝作忠，又谓求忠臣必于孝子之门。世之显扬其亲者，当以恭勤公行事为天下大经大法也。公讳毓美，山西浑源州人。

钦拣东河学治河事、户部湖广司员外郎、前内阁中书、甘泉汪喜孙谨撰

议叙州同、乙未恩科顺天举人、乙酉科拔贡、日照许翰敬书并篆额

翰林院五经博士、加一级、戊子科举人、乙酉科拔贡、亚圣孟子七十代主鬯孙广均立石

道光二十年岁在庚子六月

[简介]

本文录自孟母断机堂原石。原石原存孟母断机堂。1945 年断机堂被毁后,砌入断机堂之南因利渠堤岸。2013 年重修断机堂时出土。碑高 2.06 米,宽 0.76 米,厚 0.26 米。碑文楷书,颜体,工整有度。共 18 行,每行 45 字。平额,高 0.59 米,宽 0.77 米。撰额 6 行,每行 2 字。全碑基本完好。现存孟庙后院。

清道光二十年(1840 年)《孟母三迁祠断机堂碑记》

碑原石与拓本(2013 年出土)

孟母颂

班　昭

［石刻文］

孟母颂

班　昭

孟子之母，教化别分。处子择义，使从大伦。子学不进，断机示焉。子遂成德，为当世冠。

孟母赞

左　芬

邹母善导，三徙成教。邻止庠序，俎豆是效。断机激子，广以坟奥。聪达知礼，敷述圣道。

海盐　朱玙书

（朱玙之印）（葆瑛）

后　跋

王大堉

大堉尝读曹大家、左贵嫔所著孟母赞、颂。叹其称述得体，惜未得卫夫人书之，以垂不朽。友人曲阜孔君绣山室朱葆瑛女史工汉隶，因市石乞书。请于博士雨山先生摹刻断机堂壁。庶使贤媛翰墨得附圣母以传。不仅表阐前徽已也。

时在道光庚子仲秋

长洲王大堉谨识

（王大堉印）（□□）

[简介]

本文录自孟府藏旧拓。原石原存孟母祠断机堂内，镶于壁。已毁。旧拓长0.66米，宽0.35米。“孟母颂”与“孟母赞”均为隶书，端庄俊逸，共11行；后跋行书，工整流畅，共8行。其文、其书均为上品，又系女史所书，更具特殊价值。

重葺邹县述圣子思子庙记

陈庆偕

［碑文］

重葺邹县述圣子思子庙记

今上御极之元年辛亥春三月，余展觐回东，奉命校阅省西营伍，由泰安、沂州至兖州。公退之余，同岁生孟雨山孝廉博士投刺相见，以新葺邹县述圣子思子庙工将竣，属余为记。余弗敢辞。

窃惟邹为古邾国，穆公改邾为邹。昔子思讲学于此，孟子因得亲受业于其门。或谓孔子生周灵王之二十一年庚戌，孟子生周烈王之四年己酉，相距百有三十年，世或不能相及。以此疑孟子为受业于子思之门人。不知孔子卒于鲁哀公十六年，又六十九年而穆公始立。子思生于孔子未卒之先，而受尊礼于穆公即位之后。时孟子年已十有余岁。其三迁秉母教之日，即受业子思之日，或无疑也。孟氏传孔氏之学，俾千古之道统不绝于今日。是子思当日之居邹其为时也甚暂，而其为功也甚大。

元元贞初，邹尹司居敬始即其讲堂遗址建为中庸书院，设思、孟像春秋祀之，迄今五百六十余年。其年虽屡经修葺，第历年久远，渐就倾圮。伯海上公以为是孔孟两氏子姓事也，谋之博士，各任经费之半。雨山复为之劝捐，任瘁始终其事。殿庑亭台，青石泊岸，焕然一新。可谓不忘先世师承之所自，有功于名教者矣。工始于道光二十九年五月，阅二十有四月而告成，时咸丰元年四月也。

抚东使者会稽陈庆偕序

武水王宝昌书丹

[简介]

本文录自原石。原石原存子思祠。1945 年子思祠被毁后，砌入子思祠南因利渠堤岸。2013 年重修子思祠时出土。碑高 1.42 米，宽 0.60 米，厚 0.19 米。隶书工整。共 14 行，每行 43 字。圆额，额左上角有损缺。保存基本完好。现存孟庙后院。

碑文中“元元贞初”，误刊为“元贞元初”。已正。

重修述圣庙、断机堂记

丁宝桢

[原文]

重修述圣庙、断机堂记

丁宝桢

述圣庙、断机堂之祀也，所以原圣人受教之始，而志不忘于自出者也。咸丰纪元，前巡抚陈公庆偕勒碑纪重修事甚悉。距今仅二十年耳，外垣及门坍废无遗。庙庑类村居，填委农具。门壁黔疥，龛阁厝薪，秽亵至此。其外则曝书亭址，荒墩仅存。又以岸逼溪流，日即坍卸，不葺且废。呜呼！是谁之过与？

同治庚午，军务既平，百废具举。明年，修至圣庙。又明年，修至圣林。癸酉之春，请于朝，复捐修孟庙。筹余款，并此具葺之。循故址圜以垣，因垣为磡，累石于垠。顾患陡且堕，奈何？就其下叠石作陂陀以杀水势。又浚洗砚池，修曝书亭。以朴为度，垣以内两庙并新。凡栋宇台砌、垣扉龛案之卑庳失宜，朽敝无物及藻绘不文者，悉更新而易置之。堂之中有配享龛位，相传为亚圣跪像。古跪坐同一义，实即坐像。石质古润，黝若胶漆。

谓得自四基山孟母墓。所似此者二，其一侍宣献殿。究所由来，盖不可考云。兴工两月，既成。檄县令严扃钥，慎防护，博士月启视以为常。毋任居民作践，禁止堆积秽琐。违者罚无赦。

越三年乙亥，孟博士昭铨及邑绅董炳、孙文岐等，请以是言勒诸石，措诸壁，垂示勿替。乃从之书。

［简介］

本文录自清光绪十三年(1887年)刻本《重纂三迁志》卷八。碑刻原存子思祠东庑之南。已佚。

附　　录

《圣迹导游录》(节选)

王小隐　著

(廿一)孟庙以外名迹

——师范母教在人心目

邹县南门(崇教门)之外,道左有两碑碑立。刻文如左:

“道光壬辰[孟春]济南杨岳春敬书子思[子]作中庸处七十(二)[一]世孙袭[封]衍圣公庆镕立[石]”

“道光壬辰仲春古任城张继邹书　孟母断机处　亚圣七十(一)代主鬯孙广均重立[石]”

其旁有坊跨东行之路,额曰“三迁故址”。之三者,皆所以表孟子教育所自本,举师教母教之遗迹,胥萃于此间。至于古有征与否,抑其末也。

坊为清道光丙申(民前七六)浑源栗毓美书额,三者几为同时所建立。再东临因利渠,有池绕以石栏,碑题“孟子洗砚池”(亦孟广均立)。其北为三迁祠,门三间,南面东壁嵌有“孟母断机处”之碑。门北面东壁有“孟母三迁祠断机堂碑记”(道光廿年，许瀚书、孟广均立石）。夫断机之教，（事见《列女传》）。久为世所共晓，然而对事持以恒心，运以毅力，今乃鲜见其人。来日大难，方将以艰巨属诸青年。即此恒之一字，不知能真个做到否？蒙以养正，孟母可谓不负国矣。至三迁之说，或疑为上知不移，（崔述说。）然而良好环境，实为教育理论所许，则亦未容轻议也。堂内中供“邹国端范宣献夫人神位”，东一龛为“亚圣孟子位”，陪祀。堂外东南有石台高丈许，其上有亭，登之则下临因利渠，碧波粼粼，远树青苍，极便登眺。亭畔，有碑曰暴书亭，台曰暴书台，盖与洗砚池同出于附会，（孟子时，尚无纸笔，安有书砚。）第托之古人，用示崇仰，未为不可，若指以考据，则疏亦甚矣。

自断机堂而东，有祠宇南向，是为中庸书院，一曰子思祠。门三间，额曰述圣庙，门内西壁下一碑，曰“子思作中庸处”（天启五年立。）门内一亭，立清乾隆时所书述圣赞碑。正殿五楹，曰述圣殿。中为子思塑像。东壁一龛为孟子塑像，盖配享于师也。正龛之西，子思遗像石刻，有宋绍定五年（理宗）所制赞云：“闲居（诸）[请]膺，世业克昌。可离非道，孜孜力行。发挥中庸，体固有常。入德枢要，治道权衡。”碑为康熙中，世袭五经博士孔毓（埏）[珽]立。东庑有重修中庸书院记（清），重修书院记（明），重修书院记（明），重修述圣庙断机堂记（清光绪二年）；西庑之南，有子思书院祠庙之碑。（元至正四年。）

孟子受业于子思，见应劭《风俗通义》及《列女传》。《汉书·艺文志》亦谓孟子为子思弟子。且汉时记载，有“子上侍坐”之语。则《史记》所云“受业于子思之门人”者，“人”字信衍文矣。惟孔子卒于周敬王四十一年(民前二三九0),伯鱼之卒也,早于孔子四年,实为敬王三十七年(民前二三九四),则子思必生于敬王三十七年以前可知。孟子生年,虽无确考。(郝敬谓生于安王初年。)孟氏世谱(孟子四十五代孙孟宁著)则谓在周烈王四年(民前二二八三)。若系安王初年,则生时已后孔子之卒七十余年。若为烈王四年,则后孔子之卒一百余年,《史记》谓子思六十二岁而卒,则孟子生时已不获见子思矣。更能有受业之说乎?(《阙里文献考》谓:《史记》"六十"当为"八十"之误,亦无确据。)

至此庙缘起,则张翌《中庸精舍记》言之颇详:"邹人相传孟子故宅在县东隅,其一前临因利渠,南揖文贤冈,洄川掩抱,好事者筑曝书台其间,则昔日固有庐舍。又县治东隙地,今为淫祠者,旧名子思讲堂,谓孟子传道于此。按孟母三徙,自墓而市,自市而学宫旁,此地,母所徙耶?孟子他日归耶?学固当在鲁,岂子思子时至邹耶?历世兹久,文字不完,传信传疑,视人心所向何如耳。今千六百余年矣。邑人犹曰:此故宅也,此讲堂也。洞洞属属,如将见之,可不因人心所乡以存其迹乎?东阳司居敬来尹兹邑,暨'达鲁花赤'木(勿)[忽]难,主簿兼尉赵国祥,元贞元年复故宅遗址,辟门修垣以表之。爰寄讲堂于曝书台东,牓曰中庸精舍,子思子南面,孟子西向侍,皆章甫玄端危坐,俨然当日授受之容。……"是在当时(民前六一四年)已系据传说而为之者,则"因人心所向而存其迹"一语,一切圣迹,(孔林除外)固不妨胥作如是观耳。就实际言之:子思作《中庸》,当不在邹县,《史记》称:"子思困于宋,作《中庸》。"《孔丛子》及《家语》序均有此说。《孔丛子》《家语》虽经搀杂,然较之元人臆测,当为可信。且子思著作初不仅此一篇,《孔丛子》称《中庸》之书四十九篇,郑樵云:《中庸》四十七篇,《汉书·艺文志》,有《子思》二十三篇,《隋书·经籍志》有《子思》七篇,除今日所存《礼记》中之一篇,余皆散亡。则(令)[今]日通行之《中庸》,必非完本,必非作于一地,又可知也。

出子思祠而南,有河当前,除盛夏水涨,余时皆涓涓细流,步行可涉。河南老柏数十株,至为苍古,惜每值河水暴涨时,冲决根本,颇有枯死。闻久有护持之议,未审今已实行否?再南行即文贤冈,已至孟庙东垣,知言门外。

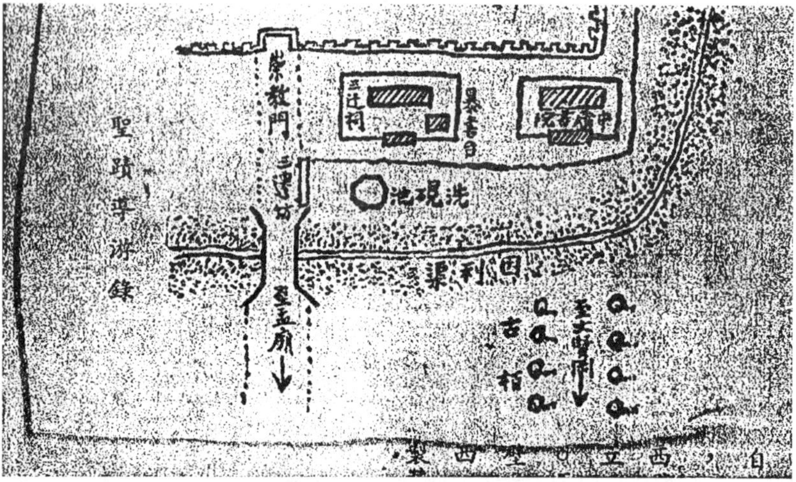

中庸书院、三迁祠、三迁坊位置图

(见民国年间王小隐著《圣迹导游录》)

[简介]

本文录自王小隐著《圣迹导游录》(廿一)孟庙以外名迹——师范母教在人心目。见211—216页。( )内字为书中误字,[ ]内字为录者正字。

山东邹县亚圣孟子史迹概述(节选)

刘昭赓

笔者曾于抗战期间,奉派担任山东邹县县长,在任十年,对于亚圣孟子史迹略有所悉,因我记忆所及,撰述本文,以飨读者。

一、亚圣庙(略)

二、孟子诞生地(略)

三、二迁(略)

四、三迁(略)

五、孟子父母墓(略)

六、孟子墓(略)

七、断机处

清道光壬辰之春,孟子七十代孙孟广均,在断机台附近,立有“孟母断机处”石碑。迄今犹存,用以纪念孟母教子成名。启发后人。

八、祭田界石(略)

九、子思书院

元季成宗元贞间,县令司居敬重修名曰“中庸精舍”。以祀子思,兼祀孟子于其傍。仁宗延祐二年改为今名。文宗至顺二年,敕封子思为沂国述圣公。此为孟子受业之书院,非子思之专

(词)[祠]。位在城外东南隅,靠近城墙。民国卅四年(1945年)十月,共军围攻城垣,众议:以大殿有碍城防,决予拆除。笔者曾亲诣位前,叩首许愿:“将来平定之日,择地新建。”遂督工拆除。孰知宿愿未偿,而仍觍颜人世,不禁惭然。

十、“保护孟庙”手书(略)

十一、万章墓、公孙丑墓(略)

[简介]

本文录自《孔孟月刊》,第22卷第5期。

救救孟子故居等遗址

王　轩　刘培桂　孟祥居

［原文］

救救孟子故居等遗址

在各级政府和海内外人士呼吁下，山东省邹城市政府于一九九三年筹备搬迁烈士陵园，彻底保护位于陵园内、外院的"孟母断机处""子思作《中庸》处""孟子故居"遗址。复建始建于元初的孟母祠、子思祠、三迁故址坊等古建群。然而，好事多磨。一九九三年四月二十二日干休所却在这一重要遗址上破土动工兴建住宅楼房。次日起，我们即连续向有关部门及领导紧急呼吁，要求立即制止。在山东省、济宁市、邹城市领导的指示下，五月二十八日兴建单位被迫停工。今年三月，烈士陵园已全部迁出。兴建单位却又强行施工，虽经再次多方呼吁，强烈要求制止，但至今仍在突击紧张施工，不久这一重要遗址将被永远占压楼下，造成上对不起列祖列宗，下对不起子孙后代的千古遗恨！

孟子是仅次于孔子的"亚圣"，孟母是中国历史上以"三迁""断机"教子闻名的母亲楷模，子思是孔子之孙，孟子之师，与颜子、曾子并列的“述圣”。延续了两千多年的与这三位历史名人有关的珍贵遗址被占压楼下，不仅严重破坏了国家级历史文化名城——邹城市的重要文物古迹，严重违反国家文物法及历史文化名城建设规定，而且直接影响国家和地方利用孔孟之乡优势对外开放，发展经济，弘扬民族传统文化，也将在国内外造成恶劣影响。我们呼吁有关部门采取断然措施，立即制止这种破坏行为。

邹城市孟子学术研究会　王轩　刘培桂

孟子七十五代嫡裔、邹城市政协副主席　孟祥居

［简介］

本文原载《中国文物报》，1994 年 6 月 5 日第 22 期。

子思书院、断机堂遗址被占压施工图（1993 年 4 月）

子思书院、断机堂遗址被占压图(1994 年 5 月)

历代对孟母的尊崇与封谥

刘培桂

孟母,作为母亲的典范,在中国历史上曾受到普遍的尊崇。黎民百姓传诵着她的故事,文人学士为其立传作赞,达官显贵、孟氏后裔为其树碑修祠,封建皇帝对其屡加封谥,直至尊为邹国端范宣献夫人。

“孟母”这一称谓,最早见诸西汉刘向编撰的《列女传》。《母仪篇》称:“邹孟轲之母也,号孟母……”《列女传》是我国最早的一部妇女专史,约编撰于西汉成帝永始元年(公元前16年),其中记载了“孟母三迁”“孟母断织”“孟子去妻”“孟母处齐”等4则有关孟母及孟子的故事。

《列女传》虽然是最早为孟母立传的典籍,但它并不是有关孟母的最早文字记载。西汉文、景时期(公元前179~前141年)的韩婴,在《韩诗外传》中已经援引有关孟母的历史故事来解释诗义,其中有“东家杀豚”“断织劝学”“孟子去妇”等三则,这比《列女传》的记载要早一百多年。

如果追溯有关孟母最初的记载,那就是在《孟子》七篇之中。在《梁惠王下》中,有臧仓对孟子“后丧逾前丧”的指责。而孟子的弟子乐正克则解释道:“非所谓逾也,贫富不同也。”这里所说的后丧是指其母丧,前丧指其父丧。臧仓指责孟子办他母亲的丧事大大超过他以前办父亲的丧事。而乐正克的解释则是,那不能叫超过,只是前后贫富不同罢了。在《公孙丑下》中,有孟子弟子充虞对孟子葬母"木若以美然"的发问。意思是,葬母的棺木是否太好了。孟子回答道:"……得之为有财,古之人皆用之,吾何为独不然? 且比化者无使土亲肤,于人心独无恔乎? 吾闻之也,君子不以天下俭其亲。"意思是,既有用上等木料的地位,财力又能买得起,古人都如此做了,我为什么不这样呢? 而且,为了不使死者的尸体和泥土相挨,对孝子说来,难道就足以称心了吗? 我听说过,在任何情况下,都不应当在父母身上去省钱。

以上记载,一方面反映了孟子对其母厚葬曾引起了非议和质疑,另一方面也反映了孟子对其母非常尊重和孝敬。同时,也暗示了其父并非孟子三岁时所丧,而在丧母之前不是太久,否则,不会引起如此强烈的对比与反应。

东汉女史学家、文学家班昭曾作《孟母颂》:"孟子之母,教化别分。处子择义,使从大伦。子学不进,断机示焉。子遂成德,为当世冠。"[①]西晋女文学家左芬亦作《孟母赞》:"邹母善导,三徙成教;邻止庠序,俎豆是效。断机激子,广以坟奥。聪达知礼,敷述圣道。"

随着孟母故事的广泛流传,封建统治者也竭力将其雕塑成符合其需要的偶像。唐玄宗天宝七年(748年),"诏历代忠臣、义士、孝妇、烈女,史籍所载德行弥高者,并令郡县长官随其所在立为祠宇,岁时致祭。孝妇七人,邹孟子母居第五"[②]。诏旨下后，许多地方建起了孟母祠。仅《三迁志》《重纂三迁志》就留下了如下记载："孟母庙在阳谷县东北四十里，世传孟母祀蚕之所""孟社在沂水县，社有孟母祠""明陈公琏曰：'桂林属邑有孟母、太伯等庙'。"[③]

宋太宗时，华州进士韩丕"声名藉甚，公卿多荐之者。尝著《孟母碑》《返鲁颂》，人多讽诵之"[④]。可惜，此碑及碑文均没有流传下来。

宋仁宗景祐四年(1037年)，孔子45代孙孔道辅守兖州，在邹县城东北30里四基山之阳访得孟子墓，并在墓旁建庙。后迁至县城东郭。宣和三年(1121年)又迁至邹县城南道左，定于今址。在迁建孟庙中，筹资兴建者邑士徐绂，在新庙东建堂三间六架，专祀孟子父母，并奏请朝廷："……况传记所载，三迁之教，实系贤母。绂等已自备材木工力，迁建庙宇于宽平显明之地。比旧增修三倍，计屋四十二间，并已功毕。东为堂三间六架，见行塑邹国公父母。乞依仙源县至圣文宣王庙例，公私不得诸般居占。"[⑤]这一奏请得到了朝廷的认可。自此，在孟庙中始有专祠祭祀孟子父母。

南宋时期编撰的启蒙课本《三字经》，开章就是："人之初，性本善。性相近，习相远。苟不教，性乃迁。教之道，贵以专。"接下来所引证的第一个典故就是："昔孟母，择邻处，子不学，断机杼。"这一普及于封建社会后期的蒙书，虽经明、清学者陆续修订补充，而孟母三迁、断机教子的故事始终冠于篇首。千百年来，家弦户诵，几乎无人不晓。

金代贞祐元年(1213年)，孙弼在《邹公坟庙之碑》中写道：

“公为齐卿时，将丧母而归葬于鲁也。今在邹兴乡马鞍山之麓者是也。”⑥并始称孟母为“李氏”，后有人又磨“李”为“仉”。此碑原立于邹县城北十公里马鞍山孟母墓前，今已毁。这是最早关于孟母具体安葬地点的记载。《孟子》一书中仅记有“孟子自齐葬于鲁”，并没有记载葬母的具体地点。至于孟母姓氏，《韩诗外传》《列女传》中均不见，《孟子》书中更没有提及。

元代元贞元年（1295 年），邹县尹司居敬根据当地百姓的传说，在邹县城东南隅恢复了孟子故宅及子思讲堂。此后，又专为孟母墓树碑，请孔、颜、孟三氏子孙教授张䇓撰《孟母墓碑》碑文。在碑文中，张䇓对金代孙弼撰《邹公坟庙之碑》中称孟母为“李氏”提出了疑问，曰：“言母曰‘李’，未知何据？当考。”并对孟子的生卒年月作了考证。特别对孟母教子大加赞扬并多发议论：“……世之人知以教子责之父师，不察母教之尤近也。知乳哺之为恩，而不知训诲之为恩；知蓄养之为慈，而不知礼法之为慈。咻之燠之，贤则亲，无能则怜。媮惰于襁褓之中，养成于长大之后，习与性成，父师之训不能入，虽有美材不得为良器矣。孔子再岁而孤，孟子夙丧其父，操心危虑患深，以达于大圣大贤之域，繄母训是赖。因表诸孟母之墓，使天下之为人母者知所取则焉。”⑦

延祐三年（1316 年）七月，元仁宗下诏，褒崇孟父孟母封号：“上天眷命，皇帝圣旨：朕惟由孔子至于孟子百岁有余，而道统之传独得其正。虽命世亚圣之才，亦资父母教养之力也。其父夙丧，母以三迁之教励天下后世。推原所自，功莫大焉。稽诸往代，实阙褒崇。夫功大而位不酬，实著而名不正。岂朕所以致怀贤之意哉？肆颁宠命，永贲神休，可追封其父为邾国公，母为邾国宣献夫人。”[⑧]此诏用蒙、汉两文镌刻巨碑，现仍耸立于孟庙。这是孟母有封号之始。吴律在《追封邾国公、邾国宣献夫人碑阴记》中记述：“……今既加封，欲创建宫室东南隙地。时未暇，乃即故基而更其制，冠以冕旒，服以五彩。危危峨峨，煌煌烨烨。俨然南面，春秋祭祀一同其子。”[⑨]

至正四年（1344年），邹邑耆旧马亨、李元彬、李俨等，同亚圣52代孙孟惟让，购工人任城黄国器在断机堂内为孟母埏埴作像，冠服拟一品命妇。端严古雅，甚得其制。为此，郑质撰《宣献夫人新像记》，记后并作祀神乐三章，辞曰：“繄圣母兮振贤风，三徙教兮成孟公。神功默兮造物通，其流溥兮传无穷……”[⑩]此为孟母有塑像之始。

弘治十年（1497年），孝宗诏修孟庙，始于庙东建堂各四楹，前为邾国公殿，后为宣献夫人殿，而以故殿祀亚圣夫人。至此，在孟庙内始有专殿祭祀孟母，与孟父分开祭祀。

嘉靖戊申（1548年），孟氏60世举事孟承义等，在孟子故里邹县凫村重修“亚圣祖妣祠堂”，并绘塑孟父孟母二像于其中，以便岁岁祭祀。[⑪]

万历二十五年（1597年）十月，邹县知县王一桢拜谒孟母墓，见墙垣坍塌，林木渐侵渐伐，雕残殆尽。于是捐己俸买地20亩，设林户五名，给帖佃种，一切租税差役悉为蠲免，止令看守林墓。

明代，凡来孟子故里邹县守土者，或道经邹县的达官显贵，多都先去孟子庙、孟母祠拜谒，留下了不少动人的诗文。如，邹县丞邓原忠作《孟母断机祠赞》曰:“……人谁无母?克教者稀。间或有焉,孰喻以机?父而教子,且有未至。矧为母者,罕闻于世。有母若孟,厥子乃贤。有子若孟,母德著焉……”[12]

邹县儒学教谕刘浚作《三迁教子》诗云:“孟氏三迁宅已荒,至今犹说断机堂。丝成交匹勤方得,身入芝兰久自香。俎豆容仪非贾炫,经纶事业岂寻常。母贤子圣谁能似?故里千秋尚有光。”[13]

巡按山东监察御史钟化民拟祭孟母文曰:“子之圣即母之圣,妻之圣即夫之圣。不有三迁之教,孰开浩然之圣?人生教子,志在青紫;夫人教子,志在孔子。古今以来,一人而已。为丈夫者,瞻对慈颜,安可不奋然独往,必求至于孔子!”[14]

官吏们在拜谒孟庙时,也多不忘赞颂孟母的功德。礼部尚书于慎行在《谒孟庙》诗中,有“郏城旧里记三迁,银榜朱扉大道边。行地江河疏圣派,谈天奭衍闭言筌……”[15]之句。吏部主事董应举《谒孟庙》诗曰:“……山色远从东岱至,洙泗直泻九河长。孰知万古趋跄地,辛苦三迁不可忘。”[16]

嘉靖三十一年(1552年)九月,钦差整饬沂州等处兵备、山东按察司佥事史鹗,以“三迁”命名为孟氏修志,详细记述有关孟子及其家世的史实。与曲阜孔氏《阙里志》、颜氏《陋巷志》齐名。《三迁志》成,史鹗以牲醴祭告孟子曰:“惟师泰岳降神,生而峻厉。岩岩气象,表率百世。家有严母,三迁学宫。机杼一断,作圣之功……予莅郏城,吊冢礼裔。专纂志书,备载世系……志名‘三迁’,厥义何在?蒙养以正,由于母爱……”[17]此后,经明、清两代,该志又经多次纂修,虽曾易名为《孟志》,但最终仍定名为《三迁志》。

清代，康熙癸巳（1713 年），孟氏后裔孟衍楱等在邹县城西庙户营创建亚圣祠。后据孟子 70 代主鬯孙、世袭翰林院五经博士孟广均在《庙户营添设祭田碑记》中记述："庙户营在城西六里，旧有圣母邹国端范宣献夫人神祠，谓是三迁曾经之地……"[18]民国初年，在此祠前又竖起了"孟母三迁祠"大字石碑。

乾隆二年（1737 年），侍郎赵殿最奏请加增孟母封号，以示尊崇。礼部题奏："臣等会议得，令德昭融，已著休声于往古；母仪炳焕，宜膺美号于千秋。（谨按：亚圣孟子母仉氏）守节抚孤，以慈母而兼严父；迁居教子，遂习惯而若性成。断织示勤，励知言养气之学；拥楹诫义，启守先待后之功。母训昭垂，仪型百世。昔在元代已尊封邹国宣献夫人，崇祀庙庭。我皇上崇儒重道，典礼尤隆。孟母邹国夫人，诚宜加增封号，以作民教而树风声也。应如该侍郎赵殿最所奏，请旨敕加封号，以示尊崇。其封号字样，由内阁撰拟……"钦定"端范"[19]。于是，孟母被加封为"邹国端范宣献夫人"。

乾隆三年（1738 年）七月二日，弘历皇帝遣总理省直山东等处盐法道杨宏俊，致祭于亚圣孟子之母："道成慈训，久垂图史之芬；礼重女宗，载焕丝纶之锡。式稽彝典，用表芳规。维亚圣孟子之母仉氏，节守坚贞，教成贤哲。断机丝之组织，训教维周；迁居室于再三，劬劳罔懈。俾心源之远绍，致圣道之益昌。德备七篇，阐微言于齐、梁、邹、鲁；功垂百世，开来学于濂、洛、关、闽。惟大贤之教施无穷，皆慈母之恩勤有素。特沛殊荣，式加显号，更申祭告，用遣专官。於戏！纶綍扬庥，载贲尊贤之典；苾芬肇祀，宏推锡类之仁。鉴此明禋，尚其歆格！”[20]

乾隆九年（1744年），孟子65代主鬯孙、世袭翰林院五经博士孟衍泰，于马鞍山孟母林创建享堂，堂后立巨碑题：“启圣邾国公、端范宣献夫人神位”。

至此，仅在孟子故里邹县，就有孟庙内孟母殿、孟母祠断机堂、孟母林享堂、凫村亚圣祖妣祠堂、庙户营三迁祠等五处祭祀孟母的殿堂。

现在，除断机堂1945年10月毁于战火外，其它四处均保存完好。特别是孟庙中的孟母殿，已恢复原貌，对外开放，前来游览者、拜谒者络绎不绝。

注释：

①邹县孟母断机堂刻石，清朱葆瑛女史书。原石已毁，见孟府藏旧拓。

②③《重纂三迁志》卷之四、《三迁志》卷十二。

④《宋史》卷二百九十六。

⑤孟庙刻石《宣和四年八月□日邹县牓》。

⑥明嘉靖四年（1525年）刻本《新修兖州府邹县志》卷三。

⑦孟母林刻石《孟母墓碑》。

⑧孟庙刻石《圣诏褒崇孟父孟母封号之碑》。

⑨孟庙刻石《追封邾国公、邾国宣献夫人碑阴记》。

⑩明嘉靖四年刻本《新修兖州府邹县志》卷三。

⑪亚圣祖妣祠堂刻石《重修亚圣祖妣祠堂记》。

⑫《三迁志》卷十一。

⑬明嘉靖四年刻本《新修兖州府邹县志》卷一。

⑭孟庙刻石钟化民《祭孟母文》。

⑮孟庙刻石于慎行《谒孟庙》。

⑯孟庙刻石董应举《谒孟庙》。

⑰孟庙刻石史鹗《祭先师孟夫子文》。

⑱三迁祠刻石《庙户营添设祭田碑记》。

⑲孟庙刻石《加增孟母封号碑》。

⑳孟庙刻石《乾隆皇帝遣杨宏俊祭孟母文》。

(本文原载《齐鲁学刊》,1994 年第 4 期。)

孟母断机处及三迁故址

刘培桂

在孟庙康熙碑亭的东侧，有两幢大字石碑，一幢镌刻着“孟母三迁祠”，一幢镌刻着“孟母断机处”。人们经常聚集在石碑的周围，绘影绘声地讲述着孟母三迁、断机教子的故事；有的则四处端详，似乎在寻找孟母三迁的足迹；有的则好像在侧耳细听，似乎这里还响着轧轧机杼声……然而，孟母三迁的故址究竟在哪里呢？孟母断机又在何处？要回答这个问题还必须从故事的本源说起。

孟母三迁择邻的故事，最早见于西汉刘向《列女传·母仪篇》。断机教子的故事，则最早见于西汉韩婴《韩诗外传》。《列女传》中也有记载，但略有不同。《列女传》记述了孟母为了给孟子选择一个良好的成长环境，而由墓旁迁市旁，由市旁再迁至学宫旁的三迁过程，可惜他并没有讲墓、市、学宫的具体地理位置所在。《韩诗外传》与《列女传》也都没有讲孟母在什么地方断机教子。千百年来，孟母三迁、断机教子的故事虽然广为传诵，但是人们并没有注意三迁与断机的故址究竟在何处。随着孟子地位的提高，特别是宋代以后，其人被封为邹国公、亚圣，其书与《论语》并称，被定为科举命题之经，在孟子的故乡——邹县也修复了高大的坟茔,创建了宏伟的祠庙。这时人们才进一步注意到孟子的成长过程,并注意寻访他的故居,以及三迁与断机的故址。

元代元贞元年(1295 年),邹县尹司居敬,崇儒重道,以振兴文教为己任。在建县学之后,他想到,阙里孔子之宫历二千年,其间虽然鲁共王扩宫室遭到破坏,而仍然能保持原貌。而孟子实接孔子之统,其居湮没。自己仕于孟子的故乡实不遑宁。于是他就到处寻访孟子的故居。据邹人的传说,找到了两处孟子的故宅。一处在县东南隅,前临因利沟,南揖文贤岗,洄川掩抱,其间筑有曝书台,旧有的庐舍由当地的老百姓居住着;另一处在县治东隙地,旧名子思讲堂,当时已废为淫祠,即滥设的祠宇。司居敬想先恢复子思讲堂,于是就召集周围的百姓说:“圣贤以斯道觉斯民,功在万世。神而有知,固当辟正堂以舍。使据圣贤之居,以扬其灵,恐不能妥。侑乎是,况藉此赐百福于斯邑,神必不然。苟佗所奉而迁之,神得以永厥祀,而圣贤之迹不废。”不料,百姓都说:“惧神之不我福也,不敢。”司居敬看到一时难以说服百姓,没有勉强。于是又召集居住在孟子故宅的百姓商议,这几家百姓都非常乐意搬迁。司居敬就派人丈量了面积,并当即付给了金钱报酬。接着在这片故址上建屋四楹,名曰:“渊源”,寓故宅与讲堂一体。内设子思、孟子像,子思南面,孟子西向侍。皆章甫玄端危坐,俨然昔日授受之容。同时,在故宅的周围还垒起院墙,设重门,揭大榜,并请秘书少监杨桓篆“曝书台”三字于石。孟子故宅恢复后,司居敬感慨到:“入门则兴孟母三徙之思,升堂则如在孟子受业之日,登台则知登高自卑,而极高明为入道之方，岂徒曰存古而已。”司居敬又请孔、颜、孟三氏子孙教授导江张䇓作《子思中庸精舍记》，刻石以志。张䇓写道：“按孟母三徙，自墓而市，自市而学宫旁，此地母所徙耶？孟子侘泊居耶？受学固当在鲁，岂子思子时至驺邪？历世滋久，文字不完，传信传疑，顾人心所向何如耳。于今千六百余年矣，邑人犹曰：此故宅也，此讲堂也。洞洞属属，如将见之，可不因人心所向以存其迹乎？”“嗟夫！子思、孟子不可作也，故宅、讲堂遗迹仅存。县学既建，又立精舍，以明斯道之所自，有德于驺人甚厚，亦非私于驺也。千载之下，必有来哲，闻风兴起，如孟子称百世之师，而企慕乎亲炙之者。”由此可见，孟子故宅的恢复者用意非常明确，一是崇儒重教；二是启迪后人。其依据则是人心所向。此时，虽然恢复了孟子故宅，但并没有将断机堂与子思讲堂明确分开。实际上是合孟子故宅与子思讲堂为一处，由恢复孟子故宅而恢复了子思讲堂。

此后不久，大德年间（1297～1307年），县尹宋彰又在子思讲堂之后兴建了“率性堂”，斋舍厨库翼于东西，主善私第列于左，计30余间，使孟子故宅与子思讲堂趋于完善。其目的，一是用来祭祀子思、孟子；二是用来办学。延祐二年（1315年）又改为子思书院。这时仍合故宅、讲堂、书院为一体。

至顺二年（1331年），邹县尹张铨，偕邑耆儒马亨、李俨、三氏教授李元彬登曝书台，见司居敬所立之碑已卧倒在地并残断，于是重新求石，摹辛泉杨公故书立之。

至元三年（1337年），部使者杨国贤，重修孟母断机堂，奎章阁学士李泂作记。

至正三年(1343 年),邹县尹邓彦礼,以兴学毓士为急。他看到祭祀子思、孟子的房屋简陋,太不庄重。于是在旧堂东十步,当校官厅事南,新建子思祠三间,檐四阿,又建神门四楹,外树棂星。国子司业潘迪作《子思书院新庙之记》。这时,子思祠已与断机堂、子思书院分离,成为专门祭祀子思的地方。

至正四年(1344 年),邹县耆儒马亨、李元彬、李俨等,同亚圣 52 代孙孟惟让,请任城艺人黄国器泥塑孟母像,冠服拟一品命妇,祀于断机堂。此时,又将断机堂与书院隔开,祠前与书院相通,中起墉分为二区,前别辟门宇。至此,孟子故宅即断机堂才与子思书院、子思祠分别独立设置,孟母才有像祭祀。完成了由恢复孟子故宅到逐步完善断机堂、子思书院、子思祠三处紧密相连的古建筑。

明洪武二十八年(1395 年),奉议大夫、山东等处提刑按察司佥事王亨,朝列大夫、山东等处承宣布政使司右参议康民远,从承事郎、巡按山东监察御史苗秀,过邹访宣献夫人庙,见岁久倾颓,不复修建,孟母栖神无所,甚失报本追远之意。于是各捐己俸,命有司募工,仍其旧址而更新之,并让孟子 54 代孙思儒暨伊侄克仁董其事。这是明王朝建立后的第一次维修。

正统四年(1439 年),邹县知县房嵒看到断机堂病于湫隘,凌于风雨,像塑之设掩于尘坌,于是捐己俸撤堂宇而广之,饰旧像而新之。使栋宇宏丽,新庙翼翼,像设整饰,容仪严雅。孔、颜、孟三氏教授司教授裴侃为之撰《重修断机堂塑像记》。

天顺五年(1461 年),县丞宋融捐俸金,同寅侯服、李真、马镛皆以资相助,撤除旧断机堂,重建新祠,共三间七楹。架丹垩于杇镘，饰金碧于栋宇，彩章炳焕，像设俨然。礼部左侍郎宁阳许彬撰《重修孟母断机祠记》。

嘉靖元年（1522 年），巡抚山东都御史陈凤梧将断机堂、子思祠均加扩建。此后 33 年间，岁值凶歉，有司不为防守，四方流寓之人践陵侵毁，所余者基址名义而已。

嘉靖四十年（1561 年），邹县知县章时鸾，在浙江巡抚都御史赵炳然捐俸 30 金的赞助下，将断机堂、子思祠、率性堂、中庸精舍一并遵旧制而修复之。

万历十年（1582 年），邹县知县许守恩重修。

万历三十七年（1609 年），知县胡继先，在重修子思祠、中庸书院的同时，又为断机堂添配房东西各三楹。并置人看守大门，易“断机堂”曰“孟母祠”，东与子思书院相望，人们认为这样设置更加得体。

天启二年（1622 年）五月间，白莲、闻香等教农民起义军占领邹城半年，断机、子思诸祠无不残毁。

清代康熙七年（1668 年），朝廷发帑，遣内务府广储司员外郎督理重修。

康熙五十八年（1719 年），邹县令娄一均捐赀庀材，诹日鸠工，复曝书台之旧，覆以三楹。并自作《曝书台碑记》。记中写道：“登斯堂者，君子则思尊经稽古，居仁由义；庶人则思敦本服教，亲亲长长……”

雍正十年（1732 年），孟子 65 代孙、世袭翰林院五经博士孟衍泰重修。

道光十年（1830 年），孟子 69 代孙、世袭翰林院五经博士孟继烺，备文移县详请修理。续因帑项待筹，等了三年未能动工。道光十三年(1833 年)正月，孟子 70 代孙、世袭翰林院五经博士孟广均，看到断机堂不蔽风雨，只得奉神主暂移于孟庙致严堂。阅夏逮秋，自输赀财，竭力修葺。栋宇牖户，不敢有加，庶还旧观。孟广均在自作《重修断机堂记》中，就此次维修的甘苦明示后人："倘遇祠宇稍有敝损，既宜早节经费，自行完善，勿致淹岁月，兴大工，糜国帑而露神栖，以均今日事为前鉴也可。"

道光壬辰(1832 年)孟春，孔子 73 代孙、袭封衍圣公孔庆镕，请济南杨岳春敬书"子思子作中庸处"大字，镌刻于石，立碑于崇教门外大道东侧，即孟母祠西侧。同年仲春，孟子 70 代孙孟广均，于上碑左侧并立："孟母断机处"大字石碑，由古任城张继周敬书。

道光十六年(1836 年)，兵部侍郎兼都察院右副都御史、总督山东河南河道提督军务栗毓美，履勘河道，经邹县崇教门，见新碑矗立，询知为孟母三迁旧迹断机处，径谒祠庙，为之怃然。当年冬，招孟广均博士到济宁，授以白金二千，用于兴复三迁祠，并建坊于道旁，修圮岸之圮于水者。博士爰购木石，于明年春兴工，既勤既作。碑、三迁坊仍还旧观，增修石岸二十余丈，门殿墙垣、曝书亭台、洗砚池并焕然一新。汪喜孙为此撰《孟母三迁祠断机堂碑记》。

同治十二年(1873 年)山东巡抚丁宝桢，看到断机堂、述圣庙外垣及门坍废无遗，庙类村居，填委农具，门壁黔疥，龛阁厝薪，曝书亭址仅存荒墩。因利渠溪流逼岸，日即坍卸，不葺且废。于是，便利用维修孟庙的余款，将这处遗迹一并修葺。循故址圉以垣,因垣为磡,累石于垠。顾患陡且堕,其下叠石作陂陀以杀水势。又浚洗砚池,修曝书亭,以朴为度,垣以内两庙并新。这次维修后,丁宝桢“檄县令严扃钥,慎防护,博士月启视以为常,毋任居民作践,禁止堆积秽琐,违者罚无赦。”

此后至民国初年的修葺情况未见记载。直至 1944 年 9 月 16 日,孟氏后裔仍到断机堂举行中丁之祭。

可惜的是,这处历经元、明、清各代延续 600 余年的历史遗址,1945 年 10 月毁于战火。新中国成立后辟为烈士陵园。

关于毁前的状况,30 年代日本马场春吉所著《孔子圣迹志·附颜、孟其他邹鲁遗迹》曾作了较详尽的记载。他写道,三迁祠位于县城南关外,出南门的崇教门,有一小沙河称因利渠,渠上有桥叫因利桥。在桥前道路东侧,竖立着两块石碑:一块为“子思子作中庸处”,另一块为“孟母断机处”。靠城墙有一条向东去的小路,跨过这条路有一牌坊,上面写着“三迁故址”(道光丙申仲冬浑源栗毓美敬题)。由此牌坊沿因利渠向东,就是三迁祠。如果再向前走一点,就临近因利渠,有一块用石栏围着的石碑,传说是孟子洗砚处,碑面上刻有“亚圣孟子洗砚处”(武英殿校录、议叙州同、乙未恩科举人、乙酉拔贡许浣敬书,敕授徵事郎、翰林院五经博士、戊子科举人、乙酉科拔贡、七十代主鬯孙广均立石)。与这块石碑相隔一条路就是三迁祠。祠南面,门三间,额匾上写着“三迁祠”。在门南东侧的壁上,嵌有“孟母断机处”五字刻石,北面东侧有“孟母三迁祠、断机堂碑记”(道光二十年许浣敬书并篆额,七十代主鬯孙广均立石,文为汪喜孙撰)。门内正殿三间,额匾上写有“断机堂”三字。堂内中央龛中,奉安“邹国端范宣献夫人之神主”。在其东侧还有一龛,配祀亚圣孟子之神位。另外,堂内壁上嵌有二、三诗刻石,檐下也有一块明朝崇祯碑(碑石已掉)。在堂前的东南有一丈左右的台,其上设一亭,称“曝书亭”,传说是孟子曝书处。在曝书台下南侧为曝书碑亭,北侧为“重修曝书台碑”(康熙三十一年),“重修断机堂记”(雍正十年)等碑。正殿已被地方农会用作办公处,西配房已经无址,墙垣又崩塌……

到70年代初期,这处故址仅有《孟母断机处》、《子思子作中庸处》两块石刻。其他遗迹及石刻已荡然无存。为了使这仅有的文物保存下来,邹县文物保管所的工作人员于1972年将以上两幢石碑移入孟庙,立于康熙碑亭的东侧。本文开头中所说的《孟母断机处》大字石碑即为其一。

以上所介绍的是孟母断机处,也就是第三次迁徙后定居的地方。那么孟母最早居住的地方以及二迁处又在哪里呢?

据明嘉靖壬戌岁(1562年)李玉《重修亚圣祖妣祠堂记》记载:“鄹之北二十里,嵚崟硉矹,厜㕒蜿蜒者,九龙山也。山之西北有村名富者,初不详其名之所自,始考之旧志,是为吾亚圣夫子孕粹鍾英之故址也。具鸡犬相闻,茅茨连栅,屈指不满百室,询之姓氏,则一孟之外无他族焉。盖自三迁之后,世泝本源,不忍仳儢其桑梓,亦胡马北风,越鸟南枝之真性云耳……”嘉靖戊申(1548年),孟氏60世举事孟承义等,在这里重修了“亚圣祖妣祠堂”,且绘塑诞圣之祖妣二像于其中,以便岁岁祭祀。

据清康熙年间邹县令娄一均撰《蠲免富村杂徭记》载:“余读四子书,至孟子历叙尧、舜、禹、汤、文、武、周公、孔子之统,而终之以自任。曰近圣人之居，若此其甚。因思孔子生鲁昌平乡，而孟子邹人，未解所生之地。逮余来宰邹邑，至邹之北境，见有居民稠密，山川环抱之区，为之停骖而采风焉。父老告余曰：‘此亚圣孟子诞生处也。古纪云，孟母梦有大人自泰山来，将止于峄。明旦，里人见有祥云五色环绕其宅，而孟子生焉。盖周烈王之四年（公元前372年）四月初二日也。伊时名其地曰：孟孺里，及晋魏时称邹兴乡，今又名凫村，尚有孟子故宅在焉。其后裔聚族而居，代有优崇之典，并无差役。’”于是娄一均下令：“一切摊派杂项概行豁除，以示优宠。”并勒石致意后之莅斯土者。

根据以上记载，孟子最初的居住地即为邹县城北20里的凫村，也就是墓侧之居。这里与鲁地击柝之声相闻，相距鲁都曲阜也不过20多里。历史上曾长期隶属邹县。目前仍有孟子故里坊、孟子故宅、孟母林等历史遗迹。

孟母二迁市旁之居，据孟广均《庙户营添设祭田碑记》记载：“庙户营在城西六里，旧有圣母邹国端范宣献夫人神祠，谓是三迁曾经之地。”这处神祠创建于清康熙癸巳（1713年），由居住这里的自大宗府分支为城西户的孟氏后裔集资兴建。前有正殿两配，后有斋房庖厨，并专有祭田以供伏腊之祭。这处遗迹虽几经倾圮，现仍存正殿三间。殿廊东西两壁镶有《创建亚圣祠碑记》与《庙户营添设祭田碑记》两块刻石。殿堂已作供销社仓库，殿前为供销社门市部。孟庙康熙碑亭东侧的《孟母三迁祠》大字石碑，就是文物工作人员为使其免遭损毁，于1983年从这里运入孟庙重新竖立的。

孟母三迁、断机教子的遗迹，因人心所向而延续了2000多年。其间虽经王朝更替,历尽沧桑,却时毁时修,逐步完善。目前,虽由历史的原因而湮没,但孟母教子的故事却仍然广为流传。愿不久的将来,能将这一富有启迪意义的史迹恢复原貌,以上承前人景仰贤母之意,下启后人从严教子之风。

(本文原载《孟子家世》,中国文史出版社 1991 年 12 月版,署笔名邹沂。)

子思书院与子思祠

刘培桂

子思，姓孔，名伋，孔鲤之子，仲尼之孙。相传为四书之一《中庸》的作者，后世尊为“述圣”。按常理而言，他的祠庙应在曲阜孔庙附近，然而由于他与孟子的特殊关系，其祠庙及以其名命名的书院却都在孟子故里邹城。

据元代元贞元年(1295 年)孔颜孟三氏子孙教授张䇓撰《子思中庸精舍记》碑文载：“驺人相传，孟子故宅在县东隅，其邑前临因利沟，南揖文贤岗，洄川掩抱，好事者筑暴书台其间，则昔日固有庐舍；又，县治东隙地，今为淫祠者，旧名子思讲堂，谓孟子传道于此。按孟母三徙，自墓而市，自市而学宫旁，此地母所徙耶？孟子他日归邪？受学固当在鲁，岂子思子时至驺邪？历世滋久，文字不完，传信传疑，顾人心所向何如耳。于今千六百余年矣，邑人犹曰：此故宅也，此讲堂也。洞洞属属，如将见之。可不因人心所向以存其迹乎？”[①]

当时的邹县尹司居敬，是一位博学多识、深谋远虑的地方官，他不仅公廉勤政，而且以复兴儒学为己任。他认为，孟子承接孔子之统，其故居湮没，作为这里的县尹感到惭愧，心中时刻不得安宁。自己应当履行应尽的职责，恢复孟子故居，栽上松柏加以保护。因子思讲堂暨孟子传道之处在县治东隙地，已被作为滥用的祠宇，司居敬想首先恢复那里的旧貌。他动员附近的百姓说："圣贤以斯道觉斯民，功在万世。神而有知，固当辟正堂以舍。使据圣贤之居，以扬其灵，恐不能妥侑乎是。况籍此赐百福于斯邑，神必不然。苟佗所奉而迁之，神得以永厥祀，而圣贤之迹不废。"岂料百姓却说："惧神之不我福也，不敢。"居敬无以解一时之惑，没有勉强，于是又召集居住在孟子故宅的百姓商量。这里的百姓通情达理，都乐意搬迁。于是，度其丈尺，酬之以币，辟门修垣，作出标志，恢复了故宅旧址。并在曝书台旁重修了子思讲堂，曰"中庸精舍"。子思子南面，孟子西向侍，皆章甫玄端危坐，俨然昔日授受之容。讲堂四楹，匾曰"渊源"。工竣，司居敬感慨道："入门则兴孟母三徙之思，升堂则如在孟子受业之日，登台则知登高自卑，而极高明为入道之方，岂徒曰存古而已！"[②]孔颜孟三氏子孙教授张䇓为之作《子思中庸精舍记》，详述始末，并议曰："嗟夫！子思、孟子不可作也，故宅、讲堂遗迹仅存。县学既建，又立精舍，以明斯道之所自，有德于驺人甚厚，亦非私于驺也。千载之下，必有来哲，闻风兴起，如孟子称百世之师，而企慕乎亲炙之者。"[③]中庸精舍修复不久，司居敬便离任而去，只得将未尽之事刻于碑阴："惟茂树以为斯堂之荫，甃甓以致斯台之固，则坐秩当去不暇，若斯二者与复讲堂故处，尚有望于后之人。"[④]

大德六年(1302年)，县尹宋彰就子思讲堂创建了中庸书院。于子思讲堂后构筑讲室，匾以"率性"，斋舍厨库翼于东西，主善私第列于左，计30有余间。使邹之学者养育成就，四方士子有所依归。此举得到了滕州知州尚敏的支持与认可。书院建成后，宋彰延聘鸿儒为师，选民之俊秀子弟就读。公务之暇，偕僚属莅书院亲授经史。并首倡乡人乐助赡学之赀者，聚集楮币二万缗，敷于邑之大姓，收其子息，以供朔望祭祀及师生廪膳费用。⑤

由衍圣公推荐，邑大夫聘请，东平马豫曾执教中庸书院。大德九年(1305 年)，马豫作《中庸书院开堂训辞》，曰：“……窃闻古之学者，始学为君子，终学为圣人。……今吾侪生于我邹鲁，长于我邹鲁，其学又当何如哉？呜呼！世道有隆替，人心无古今，今之邹鲁即古之邹鲁也，孔孟之道岂不在人而未坠乎？同志者当蚤正其学而熟讲之。……幸望遵循朱文公读书之序，先《大学》，次《论语》《孟子》，次《中庸》，迤逦作功，程而渐进可也。……自今以始，要在平心易气，涵养仁义礼智之根，疏凿性命道德之源。自考亭之学始，泉而达之，接苏湖之澜，衍伊洛之波，决河汾之流，挽而通之洙泗之正派，使圣贤之学复兴于此，顾不为邹鲁千载之美欤！又况我皇元方且崇儒重道，励精求治，未暇计科以取士，政望圣贤之学复生于今日，庶几成德之君子类聚于清朝，翼万世太平之基。有志于学者辨之在蚤，无失其时，大不可以词章之故为自累……”⑥

马豫又作《渊源堂记》，曰：“……今谨书思孟传道之正流，宣诸壁门，俾之登斯堂者，必有能寻流泝源，回澜于既倒，障百川而东之，使洙泗正派流之不竭，未必不由此堂出也。堂乎渊源，其在兹乎？敢告邹人忆万斯年无废此堂，亦义存礼在之意也。”⑦

延祐元年(1314 年),里人承德郎尚书省照磨姜元,见书院既立,生徒既聚,若经史不备,无以资为学之本,乃捐俸金数千缗,购大字《九经正义》《温公全鉴》等近千卷,乐与贫士共之。是时闻姜公而起者,有邑令刘遵理等,乡士大夫孟祇祖等 21 人,邑士郭演等 55 人,皆助赀购书。监察御史刘泰,为之作《中庸精舍书籍之记》,刻石以志。碑阴详列捐书总目。

《孝经》《论语》《孟子》《尚书》《毛诗》《周礼》《礼记》《春秋》《周易》注疏共二百四十四卷;《朱子四书》六十三卷;《朱子诗传》二十卷;《春秋□记》九十卷;《周礼句解》十二卷;《礼记□□》十六卷;《孔子家语》十卷;《金氏尚书表注》四卷;《近思录》十四卷;《郑氏论语意原》一卷;《朱子小学句解》四卷;《程氏易原》十卷;《温公通鉴》三百五十四卷;《□记音义》二十卷;《三国志》六十五卷;《少微通鉴》五十六卷;《昌黎文集》四十卷;《外集》十六卷;《愚溪文籍》四十五卷;《洪平斋文籍》三十七卷;《通祀辑略》三卷;《淮海文籍》四十卷;《字苑》五十卷;《孝感传》一卷;《老子纂微》一卷;《庄子注》十卷;《荀子句解》二十卷;《杨子注》十卷;《文中子注》十卷;《朱子性理大成集》二十七卷;《学吟珍珠囊》二十七卷;《玉篇》三十卷。总计一千三百五十卷。[8]

上述书籍的捐赠,使书院藏书初具规模,大大丰富了书院的教学内容。可惜后因兵火,至明代已皆散失不存。

同年,县尹刘遵理虑学无田非长久计,始割楮币 10523 缗,买田185亩7分。募民耕佃，岁收其入，以廪师生。[9]

延祐二年（1315年），朝廷允邑令之请，许立子思书院，改中庸书院旧额，设山长一员，职视大庠校官，以司祭祀与训导。[10]

同年，县尹曹彬又割楮币7425缗，买学田297亩。是后，山长曹德辉、卜习吉又相继买田十有六券，计八顷一十亩有奇。[11]

泰定三年（1326年），宣圣54代孙孔思本来任山长，课讲之暇，召典者稽核学赀。若田租之数，悉名存实亡，率为豪右之所假贷，洎黠民之所逋负。即条列其主名，复于有司，上于袭庆府。府移文宪司，宪司符知滕州事曹铎，严督邹之官吏立期以征。时监县帖哥洎尹王思明、簿郑惟良、典史岳珪，相与协力办集。未几，追已完。孔思本又买田三券，计一顷八十九亩，仍改募佃者，以革其弊。先是春秋祭沂国公子思割楮币300缗，思本以为不足以备庶品，乃援孟氏祀邹国公孟子例，比十杀其二，请春秋祭割楮币800缗，朔望礼240缗。上于省部，从之。由是牲币丰腆，仪物毕备。又虑其楮缗田亩久将湮昧，乃件其数之大总，将勒诸石，俾来者有所稽介。翰林院编修官王思诚撰《子思书院学田记》，详述学田之情。在记文之末，他感慨道："噫！学之有田，尚矣……况邹乃圣贤之乡，兹书院又渊源之地，苟无田以赡给之，可乎？良令长既相继构台筑室而崇修之，贤士夫复鸠赀买田以廪赡之，孔君又湔垢涴弊而更新之。作者非一人，成者非一日，厥惟艰哉！抑继自今，凡宰邑者以司、宋创始之志为志，庠序安有不兴者耶？职教者以孔君图终之心为心，赀业安有不殖者耶？若乃侵假欺贷，并缘为市，又岂望于后人者耶？"[12]

至顺元年（1330年），元文宗加封子思为沂国述圣公。圣旨曰："昔曾子得圣人之传，而子思克承厥统。稽夫《中庸》之一书，实开圣学于千载。朕自临御以来，每以嘉惠斯文为念。万几之暇，览观载籍，至于致中和而天地位万物育，雅留意焉。夫爵职之荣，既隆于升配；景行之懿，可后于褒嘉。於戏！有仲尼作于前，孰俪世家之盛？得孟子振其后，益昌斯道之传。渥命其承，茂隆丕绪。可加封沂国述圣公。"⑬圣旨刻石立于中庸精舍内。

至正三年(1343年)，邹县尹邓彦礼，以兴学毓士为急，见子思书院地卑堂隘，复滨因利沟，岁夏秋屡厄于水，沮洳弗能垣，乃属耆儒曰："夫子之道，微公其孰承？孟子之学，微公其孰启？三纲五常，万世弗紊，公之德也。率性修道，首原天命，公之功也。前代爵以上公，圣朝犹为未称，爰加美号，以旌厥实。盖不如是，岂足以报德报功乎？今祀遗像于陋室，其为弗钦莫大焉，实尹与邹之诸儒责，盍改筑是图。"皆曰："尹有是志，孰不悦从？"遂东旧堂十步，当校官厅事南，其地爽垲，视故基崇五尺许，尹乃首捐俸金，大崇新庙。士民乐施者或输币帛，或给菽粟，艺者献技，力者效功，争先恐后，辇土成基，采石为垣，其为庙三间，檐四阿，东西广为尺者二十有八，南北深为尺者二十有一，崇视深有加。赍以丹碧，轮奂炳耀。中位沂国公，以正南面师席；左侍邹国亚圣公，端冕正笏，俨然若生。又建神门为楹者四，制与殿称。外树棂星，以壮神宫。宫壖之东南，坚筑堤防夹左，以步计者六十有奇，其广六之一，崇三尺五寸。植柳以卫其岸。自是泉水患息。西起甬道二百步，逮邑之南门通衢。夏秋潦水，民不病涉。凡书院斋舍庖厨府藏颓圮弗支者，悉撤而新之。以正殿为讲所，翼东西厢为左右斋，以故讲堂及两斋馆校官，大集第子释奠肄业其中。经始于至正三年八月朔，落成于是年十一月望。工竣，国子司业潘迪为之作《子思书院新庙记》。他在详述兴建始末之后，感叹道："呜呼！思孟距今殆将二千年矣。遗址所在或辽或迩，虽弗可必，要之不出于邹。邹人因遗迹而思其人，思其人而慕其道，屋而祀之，又请立学设官，以淑其子弟。岂非时虽有古今，而道之在人心者初无古今邪？道无古今，敢以思孟之所以为思孟者，期于邹人之子弟可乎？……安知异日无传道之人复见于传道之邑乎？[14]

这次新建子思书院、子思庙，是将原子思讲堂东移，增加了祠庙的色彩。而新庙西的原子思讲堂，即中庸精舍，则突出了书院的色彩。由讲堂、祠庙、书院合而为一，渐向三者分离发展。新庙建成后不久，邓彦礼即离任而去。随后，陈颙来判兹邑。他与山长李辅继续修葺残毁的原书院建筑，先将校官厅修葺一新。

至正六年(1346 年)冬，赵景濂接替李辅任书院山长。次年春，曲阜孔之威来任邹县尹。筮仕之初，躬谒子思祠，见庙貌一新，而率性堂污漏，书院修葺工程未竣。遂与判薄陈颙协力，命工庀材。颠危者扶之，挠折者葺之，破缺者补之，赤白漫漶者治之。率性堂等既成，美哉轮奂，文不逾侈，俭不失度。于是居诸者有舍，庖馔者有厨。棂星之门又作而新之，视昔有加。先是殿宇东偏有隙地若许，每因利沟之水暴涨，庙为冲激。二君命累土扩而充之。柳岸之侧，复夹护围墙。由因利沟达于书院道路卑隘，二君又欲筑土以崇，旁甃以石，因恐夺农时，功徐以进。是役经始于至正六年之秋，落成于至正八年(1348 年)之夏。[15]

书院自设山长，其人选一般由集贤院及台宪等官推举充任，行省授以札付，亦间用下第举人。至元代末期，留下姓名的有：天历前曹德辉、卜习吉，泰定间孔思本，至正间孔涣、李辅、赵景濂、赵守宽、刘伯庄等。又设直学一人，以掌钱谷。从郡守及宪府官试补，其最者亦得升为学录、教谕。留下姓名的有天历间马惟良。此外，还有学典、提领等称，已不可详考。书院肄业生徒，咸得举为教官及吏属。[16]

元明易代之际，未见子思书院、子思祠修葺记述。明洪武元年(1368 年)，首任邹县知县桂孟曾作《题曝书台》，诗云："断机堂畔曝书台，古道经今半草莱。试问碧梧霜后月，九霄鸣凤几时来？"[17]可见因王朝更迭，这里已变得荒凉冷落。

永乐中(1403～1424 年)，邑令朱瑶将子思书院又徙置曝书台东，与断机祠相直。[18]这说明，在此之前子思书院与子思祠又合为一体，均在子思祠内，原书院建筑仅作校舍或作它用。否则，不会再出现书院"又徙置曝书台东"的说法。

正统二年(1437 年)春，知县房岳见子思书院与断机堂邻墙既久，而门未独立，有缺观瞻，乃与同寅共建子思书院门楼。[19]

正统四年(1439 年)春，房岳又率僚属捐俸金，重修子思书院。木斫而已不加雕，墙圬而已不加饰，墄阶以石，幂窗以纸，衣冠像设俨然授受之容。正统五年夏落成。[20]

成化年间(1465～1487 年)，邹、滕的地方官吏及门客文人，曾以邹县十六景作诗相和，其中"中庸精舍"为其一。诗云："……台榭犹存春寂寂，门墙如旧草芊芊。"[21]"精舍萧条古木疏，鲁邦述圣息心居……"[22]可见，此时仍未听到琅琅的读书声。

正德二年(1507年),孔子58代孙、孔颜孟三氏学学录孔公璜奏请朝廷:“邹县城南巽隅,古有子思书院,实子思讲道之所,孟母徙舍学宫之旁之遗址也。前代设山长类,多孔氏子孙为之,元季始废,每遇岁时朔望,荐享无闻。乞依颜孟程朱恩典,择孔氏次嫡之贤者,授以世职。”㉓武宗允其请。自此,子思祠始有世袭翰林院五经博士主持祭祀。

嘉靖元年(1522年),巡抚山东都御史陈凤梧,重修子思书院、子思祠,并扩而大之。可惜重修详情无文献资料可考。㉔

嘉靖三十二年(1553年),兖郡大饥,至人相食,饿者多止书院中,析材木以爨,惟子思、孟母二殿及二西廊存,然门窗不具,余悉鞠为茂草。约嘉靖三十三年至三十五年在任的邹县知县刘相,曾有《谒子思祠》诗记曰:“……企仰高风祠下拜,遗容寂寞草凄然。”㉕

至嘉靖四十一年(1562年),曲阜丞当阳胡潭摄邑篆,始修子思正殿,置二石香炉,余皆未及。

其后不久,章时鸾来知邹邑,拜谒祠下,恻然不宁,将欲渐次修理。适浙江巡抚都御史赵炳然,赴总督戎政之召,见其功费浩大,遂捐俸30金以助之。不越岁而功告成。遵旧制而修葺者,有子思祠、断机堂、率性堂、中庸精舍。推本中庸之义而创立者,有修道堂、慎独斋、中和堂等。视旧制又过且备,焕然聿新。遂师生肄业于其中者40余人。章时鸾亦时时以暇躬督课之。又于断机堂、子思书院各设门子一名,人工食岁二两,司洒扫启闭之事。一时人士咸集,诗文兴起,终于恢复了昔日的盛景。㉖

万历十年(1582年),县令许守恩重修子思书院。㉗

子思书院重修后，究竟有多少人在此读书，并取得了什么成就，已无文献可考。一位名叫周邦仕的邹县人，做过榆林卫经历，曾作《书院感怀》四首，略记书院见闻。其诗序曰："往嘉靖间，余读书精舍中，凡十年。是时诸堂新构，与诸同好讲习甚乐也。万历甲午间，闲步台畔，则倾毁且尽，堂西新筑池亭，清爽可玩，慨然有怀，聊占俚言，用示儿子（其次子周希孔，万历癸卯科举人；季子周愿孔，万历丙午科举人）。"诗云："数椽精舍倚南城，传是思舆授受庭。清夜月明群动寂，疑闻堂上讲论声。……台东萧艾芊芊茂，台右芙蕖灼灼荣。却忆往年章令尹，只修精舍不修亭。"[28]从诗中可知，自章时鸾重修书院后，至少十余年读书之声不绝于耳，培养了一大批人才。到万历二十二年（1594年），书院再度荒废，而堂西新筑了池亭。这引起了周邦仕对书院兴盛时的怀念及对书院倾毁的忧伤。

万历三十五年（1607 年），蜀人胡继先来知邹邑，他所见到的子思书院是："……然历年多而摧折于风雨，侵蚀于榛芜，兀兀数楹，颓圮强半矣。""戊申己酉之间（1608～1609 年）鞠为茂草矣。"子思祠颓毁，"仅存塑像，祠后率性堂亦复倾圮"。胡侯喟然曰："以孟氏之宫岿焉，拟于阙里，享祀不忒，过者必拜，而受业之地乃鞠为荆榛，'渊源'何谓？亦非孟氏之所安也。""是所称孟子故居也，即无书院之名，尚表章之，况旧迹可寻乎？"[29]于是捐俸庀材，省役鸠工，剪除荆芜，宏开堂构。首先重修了子思祠，俾可春秋荐俎豆。次及书院，重门配庑，各三楹。后为慎独斋，西为修道堂，亦各三楹。堂计 24 楹，可容负墙而坐者数十许人。其前后左右可以充诸弟子藏修息游之所者，20 余间。

费节而当，工朴而敏，用不烦官，役不扰民。工竣，丰城唐大章撰文记曰："……是役也，循旧名仍标曰'中庸精舍'，堂易名曰'景贤'，……诸士群聚会业焉，俎豆既馨，衣冠咸集，辉辉燿燿，真足以维学脉而励世风，不但新一时耳目之观也。"[30]

此次重修后的新貌，邑人潘榛撰《景贤堂记》曰："……既竣于事，乃邀余落之。余出廓门东顾，则见其道甚除，有菀者柳荫。彼斯干及门，则将将翼翼，与子思、孟母两祠俨然列而为三。登堂，则爽垲轩豁，巨丽可观。退以'慎独'名室，允称奥窔，盖不觉心神俱旷，而尘虑顿洗。已无何，杯盘交错。又登曝书台上，则山势东来，排闼送青，极目远眺，隐隐隆隆，峄峰出焉。下临因利，环抱如带，风水成文，清澈可人。南则烟火相接，千家市井，松柏郁苍，孟子之祠巍然在望。背则重城百雉，如列屏然。俄而万色入冥，弦歌杂诵读之声时断时续，不绝于耳……"[31]

至于为何改堂匾"渊源"为"景贤"，潘榛说："……旧所称'渊源'者，目思孟言之，谓孟之学渊源于思也。今道统如日中天，学者惟患志不笃，行不力，自外于圣贤之流派耳。""……兹堂之成，来游者众，吾愿凡为大夫者而景于斯，子思子庶民之意，孟子不忍人之政，宜行止也；凡为士者而景于斯，子思明诚之学，孟子知养之功，宜行止也；凡为氓者而景于斯，子思不倍之义，孟子亲上之风，宜行止也；即妇女子无所知识，而断机伊迩，莫不观感，各训其子，以期其成，亦妇女之行止也。庶'景贤'之名，不惟为邹之巨观，而化成天下之意，亦默寓是乎。"[32]

天启二年（1622 年），子思书院、子思祠毁于兵火。五年（1625 年），兖州知府孙朝肃仅重修子思祠。[33]子思书院自此次毁后，则未再见重修记述。

清康熙十二年(1673 年)，衍圣公孔毓圻增修子思祠两庑及重门、外垣。[34]

康熙二十四年(1685 年)，山东巡抚张鹏翮，致祭子思祠。祭文曰："圣圣相传，祖孙一德；是作《中庸》，古今维则。泗水尼山，厥灵赫赫；春秋匪懈，享祀不忒。鹏叨兹土，亲炙圣泽；于万斯年，同瞻颜色。敢荐馨香，冀垂昭格。尚享！"[35]

雍正三年(1725 年)，世宗御书"性天述祖"匾额，悬子思祠正殿。[36]

乾隆十三年(1748 年)春，高宗御书《子思子赞》，曰："天地储精，川岳萃灵；是生仲尼，玉振金声。世德作求，孝孙维则；师曾传孟，诚身是力。眷兹后学，示我《中庸》；位天育物，致和致中。夫子道法，尧舜文武；绍乃家声，述乃文祖。"[37]并立碑建亭于子思祠院中。

乾隆二十年(1755 年)，71 代衍圣公孔昭焕重修子思祠。[38]

乾隆末年(约 1790 年左右)，至圣 68 代孙孔传朔，见子思祠风雨剥落过甚，不禁心伤，慨然恳恩捐修，事未就而目失明。遗嘱其子继纯曰："尔须成我未逮之志。"继纯受嘱，百计图维，因具呈十数载，至嘉庆十四年(1809 年)，蒙巡抚吉奏明，朝廷发帑钦修。越之逾年，利渠泛滥，坏仆宫墙……坍塌数丈。乃募孔孟二裔，捐赀重修。工竣皆未建碑。后庙仆枯柏一株，获利若干，又蒙衍圣公札谕传朔之孙广□修补庙宇，因勒石以记。时道光八年(1828 年)。[39]

道光末年，子思祠渐就倾圮。孔、孟二氏博士各任经费之半，并为之劝捐，任瘁始终其修葺事。殿庑亭台，清石泊岸，焕然一新。工始于道光二十九年（1849年）五月，吉成于咸丰元年（1851年）四月。[40]

20年后，子思祠外垣及门坍废无遗，庙庑类村居，填委农具，门壁黔疥，龛阁厝薪。其外则曝书亭址荒墩仅存。又以岸逼溪流，日即坍卸，不葺且废。山东巡抚丁宝桢睹此哀叹："呜呼！是谁之过与？"同治十二年（1873年）春，丁宝桢请于朝，在捐修孟庙的同时，筹余款并此具葺之。循故址圃以垣，因垣为磡，累石于垠。顾患陡且堕，奈何？就其下迭石作陂陀，以杀水势。又浚洗砚池，修曝书亭。以朴为度，凡栋宇台砌垣扉龛案之卑庳失宜，朽敝无物，及藻绘不文者，悉更新而易置之。兴工两月既成。竣工后，丁宝桢檄县令严扃钥，慎防护，博士月启视以为常，毋任居民作践，禁止堆积秽琐，违者罚无赦。[41]

自明正德二年（1507年），朝廷授孔氏次嫡之贤者世袭翰林院五经博士一员，奉子思祠祀事，直至清代，其制未改。只是无次嫡、或有次嫡而已领他职，则庶子及族子咸得代袭。至乾隆二十七年（1762年），孔氏次嫡承袭者有：62代闻礼，63代贞宁，65代衍桂、衍植，67代毓埏，68代传鋕，69代继溥；庶子代袭者有：69代继澍；族子代袭者有：64代尚达，65代衍相、衍锡、衍隆，67代毓麟、毓瑛等。[42]

民国期间，无修葺记述可考。

1945年10月，子思祠毁于战争。详情时任国民党邹县县长刘昭赓曾有忆述："子思书院……此为孟子受业之书院，非子思之专祠。位在城外东南隅，靠近城墙。民国三十四年十月，共军围攻城垣，众议：以大殿有碍城防，决予拆除。笔者曾亲诣位前，叩首许愿：‘将来平定之日，择地新建。’遂督工拆除。孰知宿愿未偿，而仍觍颜人世，不禁惭然。”[43]

关于子思祠毁前的状况，日本马场春吉于1933年著《孔子圣迹志·附颜、孟其他邹鲁遗迹》，曾有专题描述：祠南面，门三间，题额“述圣庙”三字。门外西侧立道光八年一碑。门下北面西侧东向一碑，书“子思作中庸处”（天启五年季夏立，署邹事泗令义乌李洵璀立）六字石刻；东侧西向，立“重葺邹县述圣子思子庙记”碑，陈庆偕撰文。碑文如左：“今上御极之元年……时咸丰元年四月也。”进门后，院中央建一碑亭，亭内立清高宗书“述圣赞”碑。赞曰：“天地储精……述乃文祖。乾隆戊辰仲春日御笔。”亭后正殿五间，额曰“述圣殿”。殿内中央神龛，奉安述圣子思子塑像，龛上悬雍正帝御赐“性天述祖。雍正十年八月初”匾额。东壁又一神龛，配祀亚圣孟子塑像。西壁（中央神龛西侧）又有述圣遗像石刻，碑刻宋高宗绍兴十四年御制赞：“闲居请膺，世业克昌；可离非道，孜孜立行。发挥中庸，体固有常；入德枢要，治道权衡。”赞下刻子思坐像，康熙年间袭翰林院五经博士孔毓埏立石。殿檐下东壁镶嵌康熙二十四年祭文刻石。殿前东西两庑各三间，现被利用为小学校校舍。东庑之南，立“重修中庸书院记”（清代），“重修书院记”（明嘉靖四十五年），“重修子思书院记”（明正统六年），“重修述圣庙断机堂碑”（光绪二年）诸碑。其中“重修书院记”（章时鸾记）曰：“邹县南门之东，……学者亦当知所自云。”“重修子思书院记”（许彬记）曰：“鲁之邹邑……忘其所自者也。”又西庑之南，立龟趺乘碑“子思书院 □庙之记”

(元至正四年)碑文曰:"子思书院□庙之记,潘迪撰并书。邹邑巽隅,……又何俟迪言之。"[44]

新中国成立后,此处辟为烈士陵园。1993 年烈士陵园搬迁,某单位又于子思书院、孟母断机堂旧址新建住宅楼两栋。动工之初,邹城市孟子学术研究会副会长兼秘书长王轩先生,市政协副主席、孟子 75 代后裔孟祥居先生,以及笔者等,曾奔走呼吁,请求制止占压遗址。有关部门及人士虽深表同情与支持,但终未能使遗址得到保护。

宋理宗御制子思子赞及子思石刻像碑,清高宗御书述圣赞碑,以及子思子作中庸处碑,现存孟庙康熙御碑亭东侧。

子思讲堂、孟子故宅,因人心所向而 2000 余年不泯。元代恢复讲堂、故宅,重修书院,创建子思祠,使思孟之续千余年之后复现于邹。历明、清两代,虽时有倾圮,但时有重修,遂成为纪念思孟、延续文脉、教育英才之圣地。由于历史的原因,目前虽已废弃 50 余年,但思孟之学已源远流长。相信在不久的将来,这一蕴涵中国优秀传统文化的珍贵历史遗迹、纪念建筑,必将得到有识之士的关注,并重现于世人。

注释:

①②③④见明成化十八年(1482 年)刘浚撰《孔颜孟三氏志》卷六。碑刻原立中庸精舍,已佚。

⑤见明嘉靖三十一年(1552 年)史鹗编《三迁志》卷六:刘泰撰《中庸精舍书籍之记》、王思诚撰《子思书院学田记》、孟庙石刻《尚敏谒庙记》。

⑥⑦见明嘉靖三十一年(1552年)史鹗编《三迁志》卷六。

⑧见明嘉靖三十一年(1552年)史鹗编《三迁志》卷六;万历三十九年(1611年)潘榛编《孟志》卷四,□为缺字。碑刻原立子思书院,已佚。

⑨⑩⑪⑫见明成化十八年(1482年)刘浚撰《孔颜孟三氏志》卷六,碑刻原存子思书院,已佚。

⑬见清光绪十三年(1887年)刻本《重纂三迁志》卷六·诏令。刻石已佚。

⑭⑰见明成化十八年(1482年)刘浚撰《孔颜孟三氏志》卷六。

⑮见明成化十八年(1482年)刘浚撰《孔颜孟三氏志》卷六·赵景濂撰《重修子思书院率性堂记》。

⑯㉔㉖㉗㉙㉚㉛㉜见明万历三十九年(1611年)潘榛编《孟志》卷四·子思书院(附)。

⑱⑳见明成化十八年(1482年)刘浚撰《孔颜孟三氏志》卷六·许彬撰《重修子思书院记》。

⑲见明成化十八年(1482年)刘浚撰《孔颜孟三氏志》卷六·房岳撰《子思书院文》。

㉑㉒见明嘉靖四年(1525年)刻本《邹县志》卷一。㉑为廖森作,㉒为顾俊作。

㉓见清乾隆二十七年(1762年)刻本《阙里文献考》卷十八·世爵职官。

㉕㉘见明万历三十九年(1611年)潘榛编《孟志》卷五。

㉝㊳见清乾隆二十七年(1762年)刻本《阙里文献考》卷十三·林庙。

㉞㊱见清光绪十三年(1887年)刻本《重纂三迁志》卷四·祀典、

林庙。

㉟见清光绪十三年(1887年)刻本《重纂三迁志》卷六·祭文。

㊲刻石现存孟庙康熙御制碑亭东侧。

㊴见1934年臧家祎修《邹县新志·艺文》。□为缺字。

㊵见清光绪十三年(1887年)刻本《重纂三迁志》卷八·陈庆偕撰《重葺邹县述圣子思子庙记》。

㊶见清光绪十三年(1887年)刻本《重纂三迁志》卷八·丁宝桢撰《重修述圣庙断机堂记》。

㊷见清乾隆二十七年(1762年)刻本《阙里文献考》卷七十三·子孙著闻者。

㊸见《孔孟月刊》第22卷第5期,刘昭赓撰《山东邹县亚圣孟子史迹概述》。

㊹见日本昭和九年(1934年)8月25日大东文化协会发行本。文中称述圣殿悬雍正帝御赐匾额“性天述圣”,有误。笔者已正为“性天述祖”,据《阙里文献考》卷十三、《重纂三迁志》卷四。

(原载刘培桂著:《孟子与孟子故里》,中国文史出版社2001年版。)

后　记

子思书院、子思祠、断机堂，是牵涉到子思、孟子、孟母三位历史名人的故居，是《四书》中的两部——《中庸》《孟子》著作出处的一组古代建筑遗址。它是中国传统文化的一个载体，由八百多年来一代又一代人的心血、深情凝聚而成。

这处中国文化的渊源地，历代虽有保护，但亦有损毁。最严重时仅存基址，最大的劫难则发生在上个世纪。1945 年 10 月，国民党为阻止共产党攻取邹县城，将其拆除。新中国成立后，1955 年辟为烈士陵园。烈士陵园大门两侧的对联为："杀身成仁英名传万世，舍生取义豪气贯千秋。""杀身成仁"，取自《论语》；"舍生取义"取自《孟子》。地面建筑虽已不见踪迹，但孔孟精神仍在这里萦绕。1993 年 4 月，烈士陵园搬迁，某干休所又在子思书院、断机堂遗址上兴建了住宅楼房。子思祠遗址在搬迁之前被用作墓地，搬迁后则成为了垃圾场、大粪场。此时，不仅地面建筑荡然无存，而且遗址也被楼房占压、被污秽覆盖。

当初，当笔者惊悉烈士陵园搬迁后又有某干休所在此破土兴建住宅楼房时，便立即与原邹城市政协副主席、孟子学术研究会副会长兼秘书长王轩先生，原邹城市政协副主席、孟子 75 代后裔孟祥居先生，共同向邹城市有关部门及领导紧急呼吁，要求立即制止占压。无效。不得已，又向济宁市、山东省及国家文物局等有关部门和领导紧急强烈呼吁，请求制止。记得去济宁市时，我们乘坐个体户的破旧小客车，车上没有座位，只得坐在木条凳上，王轩先生一米八多的魁梧身材，头顶着车顶棚，车一颠，碰得头咚咚响，真让人心寒！渴了，在路边喝口大碗茶；饿了，在地摊上吃点快餐。一个一个部门去找，一个一个领导去拜访，一封一封呼吁信寄给有关部门和领导。这一切，都是我们自费。至诚，总会感天动地。原山东省副省长王玉玺同志等作了制止批示，国家文物局主办的《中国文物报》刊登了我们的呼吁信，不少有识之士也发出了正义的呼声。施工被迫停止。但占压者并不甘心，他们也四处奔走。停工数月后，又强行继续施工。我们又继续奔走呼吁。建建，停停；停停，建建，拉锯式地抗争了三年。终于因愚昧执意侵占，有司不为防守，文明之杯水难息居住欲望之车薪，住宅楼房还是在遗址上建成了，把遗址牢牢地压在了楼下。真是令人发指，令人悲哀，令人心灰意冷！

此后，王轩先生病逝。孟祥居先生连年在政协会议上提案拆除非法占压建筑。笔者也利用一切机会抨击愚昧，呼唤文明。一晃二十多年过去了。

近年来，党和国家特别重视弘扬传统文化，以此作为文化自信的根本。各级党委、政府也闻风而起。2013 年，占压在遗址上的楼房终于被拆除搬迁。随后，又恢复重建了子思书院、子思祠、断机堂等湮没了七十年的古建筑群。这真是顺天应时，大快人心！王轩先生如果在九泉之下有知，也一定会露出欣慰的笑容。

看到恢复重建的殿堂门庑，不禁感慨万千。这里不仅仅曾有一片古建筑，而且更重要的是，这里是一处文化渊源之地。这里曾居传道人，这里曾汇读书声，这里曾燃薪火烟，这里曾树满地碑。如今，地面建筑恢复了，但文化内涵的充实仍需时日。为了继承、延续这块圣地的文脉，笔者不揣固陋，将陈封在历代《邹县志》《三迁志》中的相关碑文题咏，新出土石刻中的碑文，以及与此地相关的历史文献汇集一册，并不自量力地为《中庸》作了译注，为《韩诗外传》《列女传》中的孟母篇章作了译注，一并献给读者。

值本书付梓之际，谨向多年来关注支持保护该遗址、重建该古迹的各级领导和各界有识之士，表示崇高的敬意和衷心的感谢！向支持拙著出版的齐鲁书社，向付出辛勤劳动的李军宏老师、赵自环老师，表示衷心的感谢！

由于本人水平有限，书中定有疏漏与不当之处，敬请读者不吝指正。

刘培桂

2018 年 3 月于邹城铁山之阳